KB076401

# 보태니컬 셰익스피어

# 보태니컬 셰익스피어

———◆◆◆———

게릿 퀼리
글·편집

헬렌 미렌
서문

수미에 하세가와 콜린스
일러스트

윤태이
옮김

끊임없이 조언과 우정을 보내준
(그리고 원예 관련 글쓰기에 눈뜨게 해준) 앨리슨 카일 레오폴드에게,
시구의 세계이자 셰익스피어 애호가들의 놀이터인 셰익스피어 워크아웃을 세운 엘로이즈 와트에게.
- 게릿 퀼리

나를 도와주고 지지해준 사이먼, 브래드, 섀런, 애덤, 프레드에게.
- 수미에 하세가와 콜린스

하지만 자연은 그 어떠한 수단으로도 나아지지 않아.
오직 자연 스스로가 창조한 수단으로만 나아질 뿐이지.
그러니까 자연에 덧붙인다는 그 기술은
다름 아닌 자연이 창조해낸 기술이야.
귀여운 아가씨,
우리는 야생종에 여린 가지를 접붙여
천한 나무에 귀한 싹을 잉태시키지.
그것이 바로 자연을 바로 잡고,
또 변화시키는 기술이지만,
그러한 기술 자체가 자연이야.

－「겨울 이야기」(4막 4장)

# CONTENTS

# 서문

─────◆─────

이 아름다운 책은 식물에 대한 셰익스피어의 글과 일러스트가 만나 탄생했다. 셰익스피어와 원예에 대한 나의 열정이 한 권의 책 속에 어우러져 있다. 식물 하나하나 그 모양새를 살펴보고 있자면 무척 흥미로울 뿐 아니라 대단히 유용한 식물학적 지식까지 얻을 수 있다. 희귀한 식물이라면 더욱 그렇다.

나는 스트래퍼드Stratford의 로열 셰익스피어 극단 소속 배우로 활동하던 시절에 원예에 취미를 들였다. 말하자면 소재의 물질성과 식물의 물질계가 접점을 이룬 셈이다. 그곳에서 나는 황금빛과 초록빛이 어우러진 풍경과 계절에 따라 변화하는 색과 결, 축축한 흙의 냄새와 눈을 자극하는 야생화가 있는 시골의 정취에 매료되었다.

원예란 손에 흙을 묻히고, 식물의 뿌리까지 파 내려가며, 생장에 담긴 진정한 기쁨을 발견하는 것이다. 그 경험 하나하나가 모두 설레는 과정이 된다. '기쁨의 본질은 그 과정에 있다'고 했던 셰익스피어의 희곡 속 크레시다의 말이 옳았던 것이다.

자연은 내 삶에 있어 열정 그 자체이자 치유제이기 때문에 나는 늘 자연과 가까이 있으려고 최선을 다한다. (리투아니아에서 텔레비전 시리즈 〈엘리자베스 1세〉를 촬영했을 때 내가 숙소로 사용하던 트레일러 밖에 나만의 정원을 꾸몄을 정도이다.) 꽃과 나무, 흙이 고즈넉한 혼자만의 시간을 누리고픈 나의 내적 갈등을 채워주기 때문이다.

그러니 식물에 대한 셰익스피어의 글귀와 정교하게 완성된 식물의 그림이 담긴 이 우아한 한 권의 책이 내게 얼마나 큰 기쁨을 불러왔는지 모른다. 홀로 자리에 앉아 이 책을 탐독하다 보면 책 속 식물 하나하나를 고스란히 경험할 수 있다. 그 잎사귀의 감촉과 향기마저 느껴지는 듯하다. 이 책을 보다 보면 밖으로 나가 날카로운 장미의 가시나 보송보송한 우엉의 솜털을 손끝으로 느끼며 실제의 식물을 직접 어루만지고픈 마음이 생겨날지도 모른다. 그렇게 되기를 바란다. 나는 내 정원에서 가꾸는 올리브가 셰익스피어의 여섯 편의 희곡과 한 편의 소네트에 등장했다는 사실을 발견했을 때 가장 기뻤다. "평화는 올리브의 무한한 번영을 선포하리라." (소네트 107)

—헬렌 미렌Helen Mirren

# 머리말

———— ❖ ————

"그는 어떤 꽃이라도 되살려내지.
처음부터 그 자리에 피었던 것처럼.
그리고 세심한 솜씨를 발휘해
완벽한 자연의 향취를 안겨줄 거야."

— 조지 채프먼George Chapman의 「가일스 구스케이프 경Sir Gyles Goosecappe」중에서

법조인들은 셰익스피어가 변호사였다고 말한다. 의료인들은 셰익스피어가 의학 공부를 했다고 말한다. 배우들은 셰익스피어가 연기자였다고 말한다. 군인들도, 항해사들도, 천문학자들도 모두 비슷한 주장을 한다. 원예에 대한 풍부한 지식을 갖춘 이들이 셰익스피어의 작품에 담긴 다양한 식물의 언급을 통해 그를 원예에 통달한 인물이라 여기는 것도 놀라운 일이 아니다.

셰익스피어를 흠모했던 극작가 벤 존슨Ben Jonson은 그에 대하여 "한 시대가 아닌 온 시대를 아우르는 작가"라고 말했지만, 셰익스피어는 시대뿐만 아니라 "모든 분야의 전문 지식을 아우르는 작가"라는 칭호에 걸맞은 인물이기도 하다. 1623년 벤 존슨이 했던 말은 현대에 이르러 마치 예언과도 같이 현실로 이루어졌고, 셰익스피어의 작품은 시대와 국가를 막론하고 널리 읽혀 셰익스피어는 역사상 가장 큰 사랑을 받는 불멸의 작가가 되었다.

셰익스피어의 글귀가 심어진 비옥한 땅에는 다양한 식물 또한 풍성히 자라났다. 전문 원예학자들과 취미 삼아 정원을 가꾸는 이들, 그리고 자연을 사랑하는 보통의 사람들이라면 누구나 셰익스피어의 희곡과 소네트에 등장하는 꽃과 과일, 곡식, 풀, 씨앗, 잡초, 식물과 나무, 약초, 향신료와 채소에 매료될 것이다. 셰익스피어의 모든 작품을 통틀어 이들 식물에 대한 언급은 약 175회에 이르며, 그 밖에 씨뿌리기, 가지치기, 접붙이기, 잡초 뽑기 등 식물을 심고 보살피는 과정이나 식물이 지닌 효력, 식물에 얽힌 옛이야기 등에 대한 언급은 그보다 더욱 많은 횟수에 걸쳐 등장한다.

... 나무의 말, 갯물의 책,
돌의 훈화, 어디서나 좋은 것을 찾을 수 있지.

위험한 독성이나 사람의 몸에 해를 끼치는 쐐기와 가시, 음울하고도 위협적인 버넘의 숲까지 식물이 가지는 불길한 면모조차도 많은 독자들을 매혹시키곤 한다.

버넘의 숲이 던시네인(Dunsinane)에 오기 전에는
죽음도 파멸(bane)도 겁내지 않겠다.

셰익스피어의 작품 곳곳에 식물에 대한 언급이 자연스레 녹아 있으며, 위 인용구에서 파멸을 뜻하는 단어 '베인'은 '던시네인'과 각운을 이루고자 한 의도 외에도 '바꽃'을 뜻하는 '울프스베인(Wolfsbane)'이나 '사리풀'을 뜻하는 '헨베인(Henbane)'이란 의미도 담고 있어 음울한 「맥베스」의 세계와 꼭 어울리는 치명적인 독초를 가리키고자 한 의도가 느껴진다.

## 엘리자베스에게는 무언가 특별한 것이 있다

셰익스피어의 작품이 집필된 시기에 문학과 학문이 왕성히 꽃피우는 비옥한 땅이 마련되었던 배경에는 무엇보다도 엘리자베스 여왕의 즉위가 크게 자리잡고 있다. 1558년 즉위한 엘리자베스 여왕은 아버지 헨리 8세가 로마 교황청으로부터 떨어져 나와 종교 개혁을 이루면서 시작된 사회의 불안정한 움직임을 잠잠하게 안정시키는 역할을 하였다. 복음주의자였던 에드워드 6세의 뒤를 이어 열렬한 가톨릭 신자이자 뒷날에 '피의 메리'라는 별명으로 불리게 되는 메리 1세를 거치며 극단적인 종교 혼란을 겪은 영국 사회는 엘리자베스 여왕의 즉위 때에도 여전히 안정을 되찾지 못한 채였다. 수준 높은 교육을 받은 평화주의자이자 유희를 사랑했던 엘리자베스 여왕은 최선을 다해 사회를 안정시키고자 노력했다. 그리하여 영국 전역에 배움을 향한 열정의 씨앗을 심었고, 고전과 시문학의 번영과 함께 연극 관람이 새로운 여흥으로 떠올랐다. 출판물 또한 왕성히 쏟아져 나와 원예 관련 도서 등을 비롯해 다른 유럽국가에서 건너온 여러 인기도서가 번역되었고, 그에 따라 영국 국내에서 쓰인 도서 또한 장르를 가리지 않고 쉴 새 없이 출판되었다. 그렇게 엘리자베스 여왕의 재위 기간은 현대 영국 사회의 기반을 이룬 영국의 초기 근대기로 알려지게 되었다. 간략히 말해 엘리자베스 여왕은 탐구와 발견, 실험과 창조가 꽃을 피우는 문화를 창출해냈다. 훗날 르네상스를 이룰 풍성한 정원을 근사히 가꾸어낸 것이다.

## 식물의 탄생

식물을 향한 셰익스피어의 애정은 친숙한 구어체로 표현된 방대한 식물학적 지식을 통해 드러난다. 거기에 셰익스피어 특유의 은유적 화법과 그 사이에 교묘히 숨겨진 철학적 성찰이 더해져 문학 역사상 가장 인상적인 시구가 여럿 탄생하였다. 또 한 가지 흥미로운 점은 당시 출간된 식물학

및 약초학 서적의 대다수가 라틴어나 그리스어로 쓰였다는 사실이다. 따라서 아름다운 정원을 가꾸는 취미는 지적인 면모 또한 자랑할 수 있는 좋은 기회였던 셈이다. 엘리자베스 여왕의 재위 기간이 길어지면서 식물에 대한 지식과 노하우를 얻고자 하는 대중의 욕망 또한 점차 커져갔고, 영어로 쓰인 원예학 관련 서적도 다양하게 출간되었다. 영국 원예과학의 아버지로 불리는 윌리엄 터너William Turner는 그의 저서 「신 약초학서A New Herball」를 통해 큰 인기를 끌었다. 1563년 출간된 토머스 힐Thomas Hill의 「유익한 원예학Profitable Arte of Gardening」이나 휴 플랫Hugh Plat의 「플로라에스 파라디스Floraes Paradis」(영어로 집필되었으나 제목은 라틴어로 지었다.), 1578년 식물학자 헨리 라이트Henry Lyte가 출간한 「신 약초학서A niewe Herball」등은 모두 당대의 베스트셀러 서적이었고, 1557년 출간된 토머스 투서Thomas Tusser의 「농사의 100가지 장점A Hundreth Good Pointes of Husbandries」은 훗날 「농사의 500가지 장점Five Hundred Good Pointes of Husbandries」으로 확장 출간됐다. 사절판으로 출간된 「나무 접붙이기와 심기 기술에 대한 논문A Treatise of The Arte of Graffing and Planting Trees」은 엄청난 인기를 얻어 다섯 번이나 재판되기도 했다. 사회적 지위와 시각적 아름다움, 정돈된 질서와 마법 같은 경험을 두루 아우르는 "초록빛 욕망"이 만연한 시대였던 것이다.

스위스 출신 식물학자 콘라드 게스너Conrad Gesner의 저서를 번역한 「건강의 새 보석The Newe Jewell of Health」은 16세기 의사 조지 베이커George Baker의 추천 도서였고, 베이커는 1597년 출간되어 셰익스피어의 방대한 식물학 지식에 큰 기여를 한 존 제라드John Gerard의 저서 「허벌Herball」(식물의 일반 역사Generall Historie of Plantes라는 제목으로도 알려졌다.)의 서문을 쓰기도 했다.

「허벌」은 쏟아져 나오는 식물관련 도서들 가운데서도 수십 년이나 최고의 자리를 지켰으며, 1640년 식물학에 대한 포괄적 지식을 담은 약제상 존 파킨스John Parkson의 저서 「테아트룸 보태니쿰Theatrum Botanicum」이 출간된 뒤에도 굳건히 그 자리를 유지했다. 매력적인 문체와 풍성한 정보, 개인적 경험과 여러 시구의 인용이 어우러진 제라드의 「허벌」은 당대의 원예가들에게 유쾌한 동반자이자 믿음직한 지식의 출처가 되었고, 이 책의 주요 참고 문헌으로 쓰였다. 베이커는 「허벌」의 서문에서 엄청난 두께를 자랑하는 도서에 담긴 방대한 지식에 대한 놀라움을 표현했다.

지식을 습득하고자 각지를 다니며
이 책의 저자가 기울인 노력과 수고는 정말이지 놀랍다…
이들 식물을 소개하는 데에 그치지 않고 뛰어난 지식을 활용해
자신의 정원에 직접 가꾸었으며…
그 곳에는 온갖 종류의 기괴한 나무와 약초, 구근과 식물, 꽃과 그 밖의 모든 귀한 풀들을
볼 수 있기에 얼마간의 재원을 갖추지 못한 평범한 사람이

어떻게 이러한 성취를 이룰 수 있는가 경탄하게 된다.

나는 내 양심을 걸고 선언하는 바이다.

식물의 지식에 관한 한 이 책의 저자가 그 누구보다도 열등하지 않다고...

셰익스피어에게 대단히 이상적인 정보의 출처가 되었을 법한 책이다. 그리고 실제로도 셰익스피어가 「허벌」을 참고했다는 직접적인 증거가 발견됐다. 「사랑의 헛수고」에 등장하는 '봄의 노래', 즉 '뻐꾸기의 노래'에서 흥미로운 오류를 몇 가지 찾아낸 연구원이 있었다.

... 새하얀 은빛 꽃냉이,

노오란 황새냉이...

학자들은 수년 동안이나 셰익스피어 작품에 등장하는 식물, 그 가운데서도 특히 꽃의 명칭들이 대부분 워릭셔 토착어를 그대로 썼거나(물론 사실이 아니다), 그가 창작해낸 신조어라고 여겼다. 하지만 위의 연구원은 노래의 가사에 오류가 있음을 발견해냈다. 꽃냉이는 하얀 은빛이 아니라 옅은 보라색이며, 황새냉이는 노란색이 아니다. 제라드의 「허벌」을 탐독한 결과 2권 18장에서 다음과 같은 내용을 찾았다. "야생 물냉이, 또는 황새냉이는 여섯 종류가 있으며, 그 가운데 한 종을 제외한 나머지 모두를 꽃냉이(ladie smockes)라 지칭한다. 다섯 번째 종은 다음과 같이 설명된다. 5. 우유처럼 하얀 꽃냉이는 뿌리에서부터 솟아오른 줄기를 가지며... 노란 꽃잎으로 이루어진 꽃은 가장 윗부분에서 피어난다." 제라드는 또한 꽃냉이의 서식지와 개화시기를 다음과 같이 설명하고 있다. "이러한 종류의 황새냉이는 물가보다는 흙이 축축한 들판에서 잘 자라며... 뻐꾸기가 아름답게 우는 4월과 5월에 꽃을 피운다." 그 뒤에는 외국어 명칭을 나열하고, 뒤이어 "영어로는 'Cuckowe flowers'라 하나... 체서 지방의 냄트위치에서는 'Ladie smockes'라 하기에 내 고향 풍습에 따라 이름 붙였다." 위의 내용으로 미루어보아 셰익스피어는 제라드의 저서에서 가져온 명칭을 그대로 썼던 것이다. 저명한 원예 작가 마거릿 윌리스Margaret Wiles는 저서 「셰익스피어의 보태니컬A Shakespearean Botanical」에서 친구를 만나러 "극장"으로 걸어가던 길에 쌍자형 미나리아재비를 발견했다는 제라드의 기록을 근거로 식물학자 제라드와 극작가 셰익스피어가 서로 아는 사이였을 수 있다는 주장을 했다. 제라드가 말한 극장이란 리처드 버베지가 운영하던 쇼어디치의 극장으로, 1598년 허물고 그 자리에 글로브 극장을 지었다.

## 셰익스피어와 약학

약학에 대한 셰익스피어의 지식은 수백 년 동안 의학 전문가들의 놀라움과 호기심을 불러일으켰다.

테오도르 댈림플Theodore Dalrymple이라는 필명으로 잘 알려진 은퇴한 교도소 의사는 이렇게 말했다. "무엇이 우리를 병들게 하는지에 대한 시인의 으스스한 지식은 현대 의학을 부끄럽게 만든다."

셰익스피어는 체내의 혈액순환에 대한 '공식적인' 발견에 앞서 이미 이에 대해 알고 있었다는 사실이 연구를 통해 밝혀지기도 했다. 「끝이 좋으면 다 좋아」의 여주인공 헬레나는 아버지로부터 가르침을 얻어 약초에 대한 풍부한 지식을 자랑한다. (하지만 흥미롭게도 헬레나는 찔레와 가시를 제외하고는 식물의 이름은 언급하지 않는다.) 헬레나는 자신의 지식을 이용해 왕의 병을 치료하고, 그에 대한 상으로 원하던 남편을 얻는다. 켄트주립대학교의 교수 조세프 와그너Joseph Wagner는 헬레나가 약초를 써 치료한 왕의 증상을 유발하는 질병을 실제로 밝혀내 식물과 의학적 지식에 대한 셰익스피어의 깊은 이해를 다시 한 번 증명했다.

셰익스피어 작품에는 괴혈병이나 통풍, 류머티즘 등 신체적 고통과 성병, 그리고 이를 치료하는 약용 식물의 묘사가 자주 등장한다. 앞서 언급된 약초학 서적 또한 식물의 의학적 사용법을 담고 있다. 이러한 지식은 케임브리지 학자이자 외교관이었던 토머스 스미스 경은 물론, 애런델 백작 부인과 켄트 공작부인 등 남녀를 가리지 않았다. 「의학 권위자와 영국 여인의 약초학 서적 *Medical Authority and Englishwomen's Herbal Texts*」의 저자 레베카 라로슈Rebecca Laroche는 이렇게 썼다. "「맥베스」의 마녀들이 외는 약제의 처방은 놀라우리만치 정확하다."

## 셰익스피어와 식물, 그리고 성(性)

셰익스피어 작품에서 등장하는 식물에 대한 언급은 아름다운 대사부터("우리가 장미라 부르는 꽃은 다른 그 어떤 이름으로... ") 성적인 풍자까지 다양한 범위를 아우른다. 「윈저의 즐거운 아낙네들」의 라틴어 수업에서 퀴클리 부인은 "포카티브 캐럿"을 "든든한 뿌리"라고 하는데, 여기에는 성적인 의미 또한 담겨있다. "뿌리"는 남성의 성기를 뜻하며, "캐럿(caret)"은 라틴어로 '없다'는 뜻이다. 야생 당근의 초록 잎은 월경을 유발하거나 피임제, 낙태제 등으로 쓰였다. 사실 해당 장 전체에 성적인 농담이 계속해서 등장하며, 에반스 경은 '보카티브'를 '포카티브'로 잘못 발음해서 성교를 뜻하는 속어를 연상시킨다.

구스베리 또한 성적인 의미를 지녔다. 「사랑의 헛수고」의 바이런이 말하는 "푸릇한 구스"는 물론 구스베리가 초록색이기 때문에 쓰인 표현이기도 하지만, 당시 서더크 주변의 사창가에서 일하던 여성들을 '윈체스터 구스'라 불렀기에 푸릇한 구스는 '어린 매춘부'를 뜻하는 말이기도 하다.

셰익스피어 작품의 식물을 이용한 비유를 연구하면 엘리자베스 시대의 성문화를 속속들이 알아볼 수 있다. 이러한 비유는 글로만 접해서는 그 의미가 불분명한 경우도 있기 때문에 실제 식물을 살펴봐야 이해하기 쉽다. 양모과(Medlar)가 대표적이다. 학자들은 머큐시오가 동성애자이고,

로미오를 짝사랑했다고 추측하곤 하는데, 양모과의 실제 모습을 보면 이러한 추측의 근거를 더욱 쉽게 이해할 수 있다. (셰익스피어는 작품에서 양모과의 나무나 꽃이 아닌 열매만을 언급했다.) 동성애자에 대한 모욕의 의미로 '과일(fruit)'이라는 별칭이 쓰이곤 하는데, 이 별칭 또한 양모과에서 유래되었다는 주장도 있다. 이러한 암시를 인지하고, 각 비유를 서로 대조하여 살펴보면 셰익스피어 작품의 익살스런 언어유희를 더욱 재미있게 이해할 수 있다.

## 로커보어(locavore)로서의 셰익스피어

오늘날 지역 내에서 유기농으로 재배된 식재료를 섭취하고자 하는 유행을 셰익스피어가 보았다면 크게 당황했을지도 모른다. 16세기에는 '유행'이 아니라 그저 당연한 일이었기 때문이다. 물론 이국적인 수입 식품은 사람들의 흥미를 끌었다. 너트멕과 생강은 일상적인 식재료로 받아들여졌고, 프란신 세건Fracine Segan의 저서 「셰익스피어의 부엌Shakespeare's Kitchen」에서도 설명했듯, 이탈리아 등 외국에서 들어온 요리법이 큰 인기를 끌었다. 그러나 셰익스피어 시대에는 무엇보다도 지역 내에서 생산된 식재료와 허브, 곡물, 씨앗, 향신료 등이 식생활의 주를 이루었다. 당시 사람들은 채소보다는 고기를 훨씬 많이 섭취했지만, 가뭄 등으로 식량이 부족해지면 일반인들도 채소를 재배해 말린 콩이나 자두, 수프나 스튜를 끓일 곡물, 피클 등 겨울을 대비할 식재료를 마련할 줄 아는 풍부한 지식을 갖추고 있었다. (곡식으로 인한 반란에 대해서는 191쪽 옥수수(Corn) 참조.)

엘리자베스 시대에 원예가 크게 유행함에 따라 텃밭 재배도 왕성히 이루어졌으며, 남자들은 과수원을 돌봤기 때문에 텃밭 가꾸기는 주로 여성의 몫이었다. 평화의 시대는 그 자체로, 그리고 비유적으로도 성장을 의미했다. 약용으로 재배하던 꽃은 눈으로 보기에도 아름다웠으며, 식용으로도 널리 쓰였다. 1577년 출간된 「정원사의 미로Gardener's Labyrinth」 등 농사와 요리에 대한 서적이 날개 돋친 듯 팔렸고, 이러한 배경에는 이들 책이 영어로 쓰였다는 점과 글을 읽고 쓸 줄 아는 인구가 빠르게 증가했다는 점이 크게 작용했다.

## 식물화

화가 수미에 하세가와 콜린스는 도쿄에서 보낸 유년시절에 피아노를 배웠다. 그림을 그리는 취미는 늘 손을 다치지 않도록 조심해야 했던 어린 피아니스트에게 허락된 몇 안 되는 여흥거리였다. 그래픽 디자인 분야에서 상을 받고 미국으로 이주한 뒤 몇 년이 지나 콜린스는 텍스타일 디자이너가 되었다. 남편이 소속된 본드 스트리트 극단이 셰익스피어 연극의 여러 장면을 모아 공연한 야외극 <셰익스피어 파티>의 코스튬을 디자인하게 되었다. 늘 자연에 세심한 관심을 기울였던 하세가와는 연극의 대사와 노래에 풍부하게 등장하는 식물에 대한 언급을 놓치지 않았고, 이들 식물은 이내 그녀의 예술적 감수성을 자극했다. 콜린스는 브롱스의 뉴욕 보태니컬 가든과 런던 외곽의

큐(Kew) 가든을 오가며 수채화 물감을 이용해 식물의 모습을 담아내기 시작했고, 셰익스피어가 창조해낸 식물의 세계에 등장하는 모든 잎과 줄기, 꽃과 열매를 연구하고 그려내며 수십 년간 열정을 쏟았다.

## 단어의 김매기

**향유는 적게, 앤젤리카는 빼고. 아이리스는 약간.**
페이스북에 흔히 (그리고 잘못된 의미로) 포스팅되는 인용구들 뒤에는 그 해석을 두고 계속해서 논쟁을 벌이는 배우들과 학자들이 있다. 거트루드 스타인에게 장미란 그저 장미였을지 모르나, 셰익스피어에게는 사랑, 아름다움, 왕위, 향기, 색, 위험(가시!) 등 다양한 의미를 가졌다. 식물과 같이 한 개의 주제를 통해 셰익스피어의 작품을 살펴보면 이전까지는 보지 못했던 새로운 시야와 논쟁 거리를 갖게 된다. 데이빗 린치 감독의 컬트 영화 '블루 벨벳(Blue Velvet)'에 나오는 평화로운 정원에 숨겨진 혼란과 마찬가지로 셰익스피어 작품의 흠 없이 매끈한 표면 아래에도 그 의미와 작가의 의도에 대한 논쟁의 폭풍이 자리한다. '가죽껍질(Leather-Coats)'은 사과일까, 씨앗일까? 미치광이 뿌리(Insane Root)는 햄릿의 독약이었을까? 작약(Peony)은 또 어떤가!

또한 「한여름 밤의 꿈」의 피터 퀸스나, 「사랑의 헛수고」의 코스터드 등 식물의 명칭에서 이름을 따온 등장인물들 또한 수수께끼다. 「로미오와 줄리엣」의 앤젤리카는? 유모의 이름이었을까, 아니면 극에 직접적으로 등장한 적 없는 캐퓰릿 가문의 하녀였을까? 어떤 이들은 식용 식물이자 약재로서 앤젤리카의 빼어난 특질을 각인시키고자 결혼식 만찬을 준비하는 과정에 전략적으로 배치한 일종의 '간접 광고'라고 말한다. 이 책의 본문에는 앤젤리카를 넣지 않았으나, 머리말 가장 끝 18쪽에 삽화로 실었다. 「말괄량이 길들이기」의 서문에 등장하는 헨리 핌퍼넬(Pimpernell, 뚜껑별꽃) 또한 마찬가지이다. 꽃의 이름을 따와 어떠한 암시를 주고자 한 걸까, 아니면 그저 실제로는 등장하지 않는 인물에 약간의 색깔을 덧입히고자 했을 뿐일까? 식물 핌퍼넬의 삽화는 6쪽에 실었다. 무지개의 여신 아이리스(Iris) 또한 다수의 희곡에 등장하거나 언급됐다. 꽃 자체는 단 한 번도 언급되지 않았지만, 플뢰르 드 리스(Fleur-de-lis)와 붓꽃(Flag)에서 그 존재감을 느낄 수 있다.

## 총칭 vs 명칭

실제 식물의 언급과 은유를 구분하고자 상당수의 인용구가 제외되었지만, 논쟁의 재미를 위해 약간의 여지는 남겨두었다. 향유(Balm)는 식물에서 얻어지는 연고와 왕의 도유(塗油) 의례를 포괄적으로 지칭하는 단어가 됐다. ('가련한 내 눈의 향유'에서 향유는 식물이 아닌 눈물을 뜻한다.) 따라서 향유가 언급된 인용구의 절반 이상이 제외되었으며, 남겨진 인용구 가운데도 일부는 논쟁의 여지가 있다. 사실 이 책에 상당히 구체적으로 정리된 '식물화 목록'에도 단지 한 가지 식물의 이름이 아니라 여러 가지 식물이나 사물 등을 포괄적으로 의미하는 총칭이 일부 섞여있으며, 이런 이유로 셰익스피어 작품에 등장하는 식물의 가짓수를 정확히 파악하기란 대단히 어렵다. 옥수수는 모든 종류의 곡식을 총칭한다. 풀(Grasses)은 김의털(Fescue)을 비롯해 여러 식물을 포괄적으로 나타낸다. 모든 꽃 가운데 가장 사랑 받는 장미조차 언급된 품종의 다양함과 반복적인 등장으로 인해 한 가지 식물의 이름이 아닌 보다 넓은 범위를 아우르는 총칭처럼 들린다. 따라서 이 책에 셰익스피어 작품 속에 이름이 등장하는 모든 식물을 나열하지는 않았다. 또한 '잘못된 꽃'을 싣지 않으려고 노력했다. 예를 들어 'mint(박하)'라는 단어는 '화폐를 주조하는 기관'이라는 뜻도 있으며, 'rose(장미)'는 동사로도 쓰이고, 'elder(딱총나무)'는 노인을 의미하기도 하고, 'palm(종려)'은 손바닥이라는 뜻도 가지고 있다.

## 모든 라틴어와 페누그릭(Fenugreek)

셰익스피어 작품에 약재이자 식재료로 쓰이는 허브인 페누그릭은 등장하지 않지만, 그리스어(Greek)는 대단히 자주 등장한다. 또한 라틴어도 흔히 찾아볼 수 있다. 그러나 셰익스피어 시대는 칼 린네가 태어나기 전이고, 따라서 그가 개발한 라틴어 명명법 체계 또한 존재하지 않았다. 그렇다고 해서 명명법이 전혀 존재하지 않았다는 말은 아니지만, 실제로는 없는 것이나 다름없었다. 여러 사람들이 고안해낸 체계가 뒤죽박죽 쓰였기 때문에 식물에 이름을 붙이는 과정이 일관되지 못하고 부정확해서 혼란을 불러오기도 했다. (제라드의 「허벌」이 그 증거다.) 프랑스 출신 화가이자 1564년에 플로리다를 여행하기도 한 자크 르 무안 드 모르그Jacques le Moyne de Morgues는 1586년 주변에서 흔히 볼 수 있는 꽃과 과일의 채색화를 그리고, 그 이름을 라틴어와 프랑스어, 독일어, 영어로 기록한 카탈로그를 남겼다. 그는 이 카탈로그를 당대의 유명 시인이었던 펨브로크 공작부인 메리 시드니 허버트Mary Sidney Herbert에게 헌사했다.

어쨌든 셰익스피어는 식물의 라틴어 학명을 쓰지 않았기에 이 책에서도 장미와 같이 품종의 구분이 필요한 몇몇 경우를 제외하고는 사용하지 않았다.

## 이 책의 사용법

제라드의 「허벌」과 1800년대 중후반에 편찬된 헨리 엘라콤의 「셰익스피어의 식물 지식과 정원술 The Plant-lore and garden-craft of Shakespeare」을 이 책의 주요 참고 문헌으로 썼다. 엘라콤은 인터넷도 없던 그 시절에 셰익스피어 작품의 모든 단어 하나하나를 짚어가며 식물의 언급을 모두 찾아냈다. (몇 군데 놓치고 지나가기도 했으나 놀라우리만치 적은 수다.) 비비안 토마스Vivian Thomas와 니키 페어클로스Nicki Faircloth의 「셰익스피어의 식물과 정원 사전Shakespeare's Plants and Gardens- A Dictionary」(아든 시리즈) 또한 아주 요긴한 참고 자료가 되었다. 이들 문헌은 보다 포괄적인 정보를 비롯하여 가지치기나 밭갈기, 접붙이기 등의 원예 용어는 물론, 불붙인 건포도를 가지고 하는 놀이인 '플랩드래곤flap-dragon'(옛날에는 재미있는 놀 거리가 많지 않았던 모양이다)까지 더욱 방대한 내용이 담겨있다.

이 책의 목적은 식물의 이름에 '얼굴'을 부여하고, 그에 따른 인용구를 함께 묶어 이를테면 시인 셰익스피어가 그려낸 풍경의 내부를 보다 잘 바라볼 수 있도록 하는 데에 있다. 물론 이 책에 실린 식물의 선정 기준이나, 잘못된 인용구 등을 두고 논란이 벌어지리라 예상한다. 앞서 「맥베스」에서 인용한 구절이나 '구스'가 구스베리의 줄임말이라는 사실 등 곳곳에 숨겨진 의미를 발견해나가는 일은 무척 즐거웠다. 작품 속의 식물을 찾아 한바탕 신나는 보물찾기를 한 셈이다.

이 책을 더욱 유익하게 즐기고자 한다면, 마음씨 좋은 이모님께 들려주고픈 짤막한 인용구를 고르거나, 연인에게 읊어주고픈 아름다운 대사를 찾아봐도 좋다. 미운 사람에게 말해주고픈 식물에서 유래된 욕설이나, 소중한 친구와의 추억이 얽힌 식물이 등장하는 인용구를 찾아봐도 좋다. 가장 좋아하는 희곡이나 인물에 기초하여 나만의 정원이나 화분을 그려보고, 꽃에 담긴 메시지를 떠올리며 꽃다발을 만들어도 좋다. 너트맥과 메리골드, 생강이 '삶의 흥취에 젖어보라'는 메시지를 전한다면, 질경이나 파마세티(Parmaceti), 폼워터(Pomewater)는 몸과 마음의 치유를 약속한다.

또한 이 책에서 다룬 시에 대해서 한 가지 말해두자면, 소네트와 더불어 「루크리스의 겁탈」과 「비너스와 아도니스」, 「불사조와 산비둘기」, 「연인의 탄식」, 「열정의 순례자」에서도 인용구를 가져왔는데 이들 시 가운데 일부는 아직도 셰익스피어의 작품이 맞는지 아닌지를 두고 학자들 간의 이견이 존재한다.

셰익스피어의 문제는 그가 오늘날 우리에게 대단히 친숙한 존재가 되어 지나치게 친숙해졌다는 점이다. 마치 너무나 가까운 가족이나 친구처럼 가끔은 그 존재 자체를 당연시하거나 잊어버리기도 하는 것이다. 어린 아이들조차 그 의미는 정확히 알지 못하더라도 "죽느냐 사느냐 그것이 문제로다" 라는 대사를 외울 정도이다. 셰익스피어는 우리 문화의 일부이다. 하지만 아주 잠시라도 걸음을 멈추고, 익숙함으로부터 눈을 돌려 꽃향기를 맡으면 생각과 발상, 혹은 감정의 힘이 나의 존재를 사로잡아 내 세계에 엄청난 감동을 불러올지도 모른다. 시인 로버트 그레이브스는 이렇게 말했다. **"셰익스피어에 대해 놀라운 점은 모든 이들이 그를 훌륭하다고 말하고 있음에도 불구하고 그가 정말로 훌륭하다는 것이다."**

> 그녀 자연도 그의 설계를 자랑스러워하며,
> 그의 대사를 곱게 차려입는 기쁨을 누렸네.
>
> – 벤 존슨, 「셰익스피어 초판본」

# ❧ 보태니컬 ❧

알파벳순 식물화 및 인용구

# 아코닛
## (Aconitum, 민박꽃속)

### 헨리 4세

그들의 피가 뒤섞인 그릇에
이 시대가 기어코 아코닛이나 화약처럼
강력히 작용할 유혹의 독을 부어 넣지만
그 그릇은 결코 새지 않을 것이다.

–「헨리 4세 제2부」(4막 3장)

# 도토리(Acorn)
*떡갈나무, 참나무 열매*
(참나무Oak 참조*)

### 프로스페로

개천의 홍합과 시든 뿌리와
도토리 껍질이 네 먹을 양식이 될지어다.

–「템페스트」(1막 2장)

### 퍽

요정들은 모두 겁에 질려 도토리깍정이 안으로
숨어버렸어.

–「한여름 밤의 꿈」(2막 1장)

### 라이샌더

비켜라, 난쟁이야.
성가신 꼬맹아. 마디풀아,
방울아, 도토리야.

– 「한여름 밤의 꿈」 (3막 2장)

### 포스투머스

도토리 잔뜩 먹은 독일 멧돼지처럼.

– 「심벨린」 (2막 5장)

### 타이먼

참나무에도 도토리가 맺히고,
찔레에도 새빨간 열매가 달린다.

– 「아테네의 타이먼」 (4막 3장)

### 셀리아

떨어진 도토리처럼
나무 아래에 있는 걸 봤어.

– 「뜻대로 하세요」 (3막 2장)

# 아도니스(Adonis)

### *패모(Fritillary)*

땅 위에 쏟아져 나온
그의 피에서 얼룩 대는 흰 무늬가 아로새겨진
검붉은 꽃이 피어나니,
그 파리한 두 뺨의 흰 살갗 위로
둥글게 맺힌 핏방울과 꼭 닮았더라.

– 「비너스와 아도니스」

# 아몬드(Almond)

### 테르시테스

앵무새가 아몬드 좋아하는 것보다 더...

– 「트로일로스와 크레시다」 (5막 2장)

## 알로에(Aloe)

❖

그에 담긴 격렬한 고통 속에서
강요와 충격과 공포의 알로에를 달게 만드오.

−「연인의 탄식」

# 사과(Apple)

*애플존(Apple-john, 건조시켜 오래 저장해두고 먹는 사과의 품종)
*풋사과(Codling)*단사과(Sweeting)*피핀(Pippin)*폼워터(Pomewater)
*코스터드(Costard, 영국종의 큰 사과이며 '머리통'이라는 뜻도 있음)*

---

## 세바스찬

나는 그가 이 섬을 호주머니에 넣어
집으로 가져가 아들에게 사과 하나 주듯
선물하리라 생각하오.

－「템페스트」(2막 I장)

## 안토니오

성스러운 증거를 대는 악한 영혼은
얼굴에 웃음을 띤 악당과도 같아.
겉은 먹음직스럽지만 속은 썩어버린 사과야.

－「베니스의 상인」(I막 3장)

## 안토니오

사과 하나를 두 쪽으로 갈라도
이 두 사람만큼 똑같을 수는 없을 거요.

－「십이야」(5막 I장)

## 호텐쇼

당신 말대로 썩은 사과는
이것이나 저것이나 마찬가지지.

－「말괄량이 길들이기」(I막 I장)

## 트라니오

그 분의 생김새가
어딘가 당신과 닮았습니다.

## 비온델로

사과와 굴 만큼이나
꼭 닮았군, 그래.

－「말괄량이 길들이기」(4막 2장)

## 말볼리오

남자라 하기에는 앳되고
소년이라 하기에는 의젓합니다.
꼬투리를 다 채우지 못한 풋콩이라고 할까,
아니면 빨간 사과가 되기 직전의 풋사과라고 할까.

－「십이야」(I막 5장)

## 올리언스

두 눈 질끈 감고 러시아 곰의 아가리로
뛰어들어 대가리가 썩은 사과처럼
으스러지고 마는 멍청한 똥개요.

－「헨리 5세」(3막 7장)

## 문지기

극장에서 난리 법석을 떨며
썩은 사과를 차지하겠다고
벌이는 애송이들...

—「헨리 8세」(5막 4장)

## 폴스타프

내 살갖은 할망구의
헐렁한 옷차림처럼 축 처졌어.
쪼그라든 애플존처럼 시들어 빠졌어.

—「헨리 4세 제1부」(3막 3장)

❦

## 종업원 1

도대체 뭘 가져온 거야?
쪼글쪼글한 애플존?
존 경께서 애플존이라면
질색하시는 것 알잖아.

## 종업원 2

네 말이 옳다. 전에 왕자님께서 그 앞에
접시 가득 담긴 애플존을 내려놓고,
존 경에게 여기 다섯 개 더 있다 하시더니,
모자를 벗고는 "이제 말라비틀어지고
둥그렇고 늙고 시들어진 기사 여섯에게
작별을 고하겠다"고 하셨지.

—「헨리 4세 제2부」(2막 4장)

❦

## 샐로우

아뇨, 제 정원을 보셔야 해요.
정자에 앉아 캐러웨이 요리와 함께
작년에 내가 직접 접붙인
피핀 사과를 곁들여 먹읍시다.

—「헨리 4세 제2부」(5막 3장)

❦

## 머큐시오

네 말재주는 쌉싸름한 단사과야.
알싸한 양념이지.

## 로미오

그러니 달콤한 거위 고기에 제격이지?

—「로미오와 줄리엣」(2막 4장)

❦

## 휴 에반스 경

나는 저녁 식사를 마치겠다.
피핀 사과와 치즈가 남아있어.

—「윈저의 즐거운 아낙네들」(1막 2장)

## 홀로퍼니스/현학자

그 사슴은, 당신도 알다시피, 혈액,
즉 잘 익은 폼워터 사과와 같이 새빨간 피에
젖었다가 이제는 창공, 즉 하늘, 천상,
천국의 귀에 보석처럼 달렸다가 이내 대지,
즉 땅, 흙, 지상에 야생 능금처럼 떨어진다오.

—「사랑의 헛수고」(4막 2장)

## 페트루치오

이건 뭐야? 소매야? 작은 대포 같은데.
사과 파이처럼
칼집 투성이구나?

– 「말괄량이 길들이기」 (4막 3장)


그대 얼굴에 걸맞은 성품을 지니지 않았다면
그대의 아름다움은 이브의 사과가 되리.

– 소네트 93


## 광대

둘째 딸이 친절하게 대해줄 거야.
야생 능금과 사과가 서로 닮았듯
이 딸이나 저 딸이나 마찬가지겠지만,
나도 알 건 알아.

– 「리어 왕」 (1막 5장)


## 모스

기적이에요, 주인님!
정강이가 깨진 코스터드네요...

## 모스

코스터드가 정강이를
깼다는 말에서요...

## 돈 아르마도

코스터드가 어떻게 정강이를 깰 수 있어?

– 「사랑의 헛수고」 (3막 1장)


## 휴 에반스 경

내 기회만 생기면
그 악당의 머리통(코스터드)에
요강을 깨트리리.
어이쿠!

– 「윈저의 즐거운 아낙네들」 (3막 1장)


## 살인자 1

네 칼자루로
공작의 머리통(코스터드)를 내려쳐라.
그리고 옆방의 독주가 든 술통에 처넣는 거야.

– 「리처드 3세」 (1막 4장)


## 에드거

아뇨, 가까이 오지 마요, 노인이여.
멀리 떨어지시오. 경고하오.
아니면 당신 머리통(코스터드)이 단단한지
내 몽둥이가 단단한지 확인해 봐야 할 거요.

– 「리어 왕」 (4막 6장)

## 살구(Apricot)

### 티타니아

이 신사께 친절하고 정중히 대해.
이 분의 걸음을 따라 깡총대며 눈앞에서 뛰놀아.
살구와 듀베리를 대접하고,
붉은 포도와 푸른 무화과, 오디를 내어드려.

– 「한여름 밤의 꿈」 (3막 1장)

### 정원사

가라, 달랑이는 살구나무 가지를 붙들어 매.
아비에게 매달려 떼를 쓰는 못된 아이처럼
무겁게 늘어진 가지에 나무가 휘어졌어.

– 「리처드 2세」 (3막 4장)

### 팔라몬

생애 남아 있는 모든 운을 주고라도
저 꽃 피는 작은 살구나무가 될 수 있다면
얼마나 좋을까. 두 팔 마음껏 뻗어
그녀 창에 닿을 수 있다면 얼마나 좋을까!
신들이나 맛볼 과실을 그녀에게 줄 텐데.

– 「두 귀족 사촌 형제」 (2막 2장)

# 아라비아 나무(Arabian Tree)

## 오셀로

감정이 녹을 줄 모르던 절제된 두 눈이
약으로 쓰일 진액 마구 쏟아내는
아라비아 나무처럼 눈물을 쉬지 않고
쏟아낸다고 말이오.

－「오셀로」(5막 2장)

외로운 아라비아 나무에
우렁찬 노래의 새를 앉게 하라,
구슬픈 나팔 울려 순결한 날개로
화답하게 하라.

－「불사조와 산비둘기」

## 세바스찬

아라비아에는 불사조가 올라앉은
하나의 나무가 있다고,
이 순간도 불사조가 군림한다고 말이오.

－「템페스트」(3막 3장)

## 물푸레나무(Ash)

### 아우피디우스

내 거친 물푸레나무
창이 백 번이나 꺾여
그 조각이 달까지 상처 입힌
그대 육신에 내 두 팔 휘감게 해주오.

–「코리올라누스」(4막 5장)

## 사시나무(Aspen)

### 마르쿠스

오, 그 괴물이 사시나무 잎사귀처럼
류트 위에 춤추던 네 백합 손을 보았더라면…

–「타이터스 앤드로니커스」(2막 4장)

### 퀴클리 부인

내가 얼마나 떨고 있나 만져보라고요…
정말 그렇다니까요.
사시나무 잎사귀처럼 떨린다고요.

–「헨리 4세 제2부」(2막 4장)

## 수레국화
### (총각의 단추Bachelor's Buttons/꽃봉오리Buds)

### 여관 주인

젊은 펜턴 씨에게는 뭐라 하시게요?
그는 깡총 뛰고, 춤추고, 젊은이의 눈빛을 하고,
시 쓰고, 즐거운 말 하고, 사오월 향기 풍겨요.
그가 해낼 거예요. 해낼 거라고요.
단추를 보면 알잖아요. 그가 해낼 거예요.

－「윈저의 즐거운 아낙네들」(3막 2장)

### 티타니아

예쁜 여름 꽃봉오리의 향기로운 화관이
조롱하듯 씌워졌어.

－「한여름 밤의 꿈」(2막 1장)

### 라에르테스

봄의 여린 봉오리 채 꽃 피우기도 전에
벌레가 파먹는 일이 흔하지.
젊음의 아침과 이슬에 해로운 독기
가장 지독히 퍼진다.

－「햄릿」(1막 3장)

### 아르시테

오, 에밀리아 여왕, 오월보다 싱그럽고,
그 가지에 맺힌 금빛 꽃봉오리는 물론이요,
들판과 정원의 그 어떤
알록달록한 단장보다도 아름다우니…

－「두 귀족 사촌 형제」(3막 1장)

# 향유(Balm)

## *발삼(Balsam)*

### 시라큐스의 드로미오

짐은 배에 실었고, 기름과 향유,
생명수도 사두었어요.

－「실수연발」(4막 1장)

### 알키비아데스

사악한 원로원이 군인들의
상처에 부어주는 향유가 이것인가?

－「아테네의 타이먼」(3막 5장)

### 퀴클리 부인

지위에 따라 늘어놓은 의자들을
향유와 귀한 꽃으로 문질러 닦아라.
근사한 자리와 갑옷, 문장, 그리고 깃발까지
모두 축복이 깃들기를!

－「윈저의 즐거운 아낙네들」(5막 5장)

### 클레오파트라

향유처럼 달콤하고, 바람처럼 부드럽게.

－「안토니와 클레오파트라」(5막 2장)

격정에 떨며 이를 여신에게
기쁨이 되어줄 향유라 한다.

－「비너스와 아도니스」

프리아모스의 그려진 상처에
달콤한 향유를 뿌리고...

－「루크리스의 겁탈」

# 보리(Barley)

### 아이리스

세레스, 풍요의 여신이여,
당신의 비옥한 밀, 호밀, 보리, 살갈퀴,
귀리, 완두콩 밭과...

– 「템페스트」 (4막 I장)

### 간수의 딸

축복 받은 우리는
이따금 보리밭 놀이를 하러 가.

– 「두 귀족 사촌 형제」 (4막 3장)

### 사령관

지친 말에게 먹이는 끓인 물 같은
저들의 보리죽이
싸늘한 그 피를 (용맹이) 데울 수 있겠소?

– 「헨리 5세」 (3막 5장)

## 월계수(Bay/Laurel)

### 지휘관

왕이 죽었다고들 해요. 우린 기다리지 않아요.
이 땅의 월계수는 모두 시들었어요.

-「리처드 2세」(2막 4장)

### 포주

계집아, 이리와. 로즈메리와 월계수 잎 넣어
요리한 내 정절 한 접시야!

-「페리클레스」(4막 6장)

### 프롤로그

오, 바람아 불어라
내 월계관 망치고
내 작품의 명성을 가벼이 하는
그런 글쟁이의 얼빠진 쭉정이를 날려라.

－「두 귀족 사촌 형제」

### 환영

흰옷 입고 머리에는 월계관을 얹은 채
황금 가면 쓴 여섯 사람이
월계수 가지나 종려 가지를 손에 들고
차례로 엄숙히 들어온다.

－「헨리 8세」(4막 2장)

### 클라렌스

하늘이 그대 세상에 날 때부터
올리브 가지와
월계관 씌워주셨으니
전쟁과 평화의 축복 받을 사람이오.

－「헨리 6세 제3부」(4막 6장)

### 타이터스

월계수 가지로 휘감은
앤드로니커스가 와서...

－「타이터스 앤드로니커스」(1막 1장)

### 클레오파트라

당신의 칼날에 승리의 월계수가 얹히고,
순조로운 성공이
당신 발치에 흩뿌리기를.

－「안토니와 클레오파트라」(1막 3장)

### 율리시스

나이와 왕관, 홀과 월계관의 특권이...

－「트로일로스와 크레시다」(1막 3장)

37

## 콩(Beans)

### 퍽

콩 먹어 살찐 말을 속여서...

- 「한여름 밤의 꿈」 (2막 I장)

### 마차꾼 2

이 집 완두와 콩이 개처럼 축축해서
말의 뱃속에
벌레 들끓기 딱이야.

- 「헨리 4세 제I부」 (2막 I장)

## 월귤(Bilberry)

### 피스톨

갈퀴질 하지 않은 아궁이나
쓸지 않아 너저분한 화덕을 보면 월귤처럼
시퍼런 멍이 들도록 하녀들을 꼬집어라.
빛나는 우리 여왕님은 게으르고
품행이 단정치 못한 여자들을 싫어하신다.

- 「윈저의 즐거운 아낙네들」 (5막 5장)

# 자작나무(Birch)

## 공작

지나친 사랑을 쏟는 아버지가
무시무시한 자작나무 가지 묶어
아이의 눈앞에 내려치기만 하고
회초리로 쓰지 않으면
이내 두려움보다는 놀림감이 되듯...

– 「자에는 자로」(I막 3장)

## 교사

선생이란 이름으로 나무 회초리를
작은 아이들 반바지 위로 내리치고,
몽둥이로 큰 아이들 다스리는
제가 이 자리에서
이 조직, 또는 구성을 선보입니다.

– 「두 귀족 사촌 형제」(3막 5장)

# 블랙베리(Blackberries)

## *검은딸기나무(Brambles)*

### 폴스타프

강제로 이유를 대라고?!
블랙베리처럼 널린 게 이유라도
강요받아 말하지는 않겠다, 나는.

– 「헨리 4세 제 I 부」 (2막 4장)

### 폴스타프

하늘의 축복 받은 태양이 하찮게 굴러다니며
블랙베리 따먹어도 되나?

– 「헨리 4세 제I부」 (2막 4장)

### 테르시테스

수여우 율리시스는
블랙베리 한 알만도 못하다는 사실이 드러났다.

– 「트로일로스와 크레시다」 (5막 4장)

### 로살린드

여린 나무 껍질에 '로살린드' 새기고
산사나무에 송가를,
검은딸기나무에 비가를 걸어서
숲을 망치는 사람이 있어요.

– 「뜻대로 하세요」 (3막 2장)

가시 돋친 검은딸기나무와 얽힌 수풀도
그가 두려운 듯 달릴 길을 비켜준다.

– 「비너스와 아도니스」

## 회양목(Box)

### 마리아

모두들 회양목 덤불에 숨어요.

－「십이야」(2막 5장)

## 찔레(Briers)

### 에리얼

귀에 마술을 거니
깔깔한 찔레와 날카로운 가시금작화,
따끔한 덤불과 가시 사이로
음악 소리 따라 송아지처럼 따랐어요.

－「템페스트」(4막 I장)

### 요정

언덕 너머, 계곡 너머, 덤불 지나, 찔레 지나.

－「한여름 밤의 꿈」(2막 I장)

### 플룻/티스베

웅장한 찔레 숲에 새빨간 장미 빛깔...

－「한여름 밤의 꿈」(3막 I장)

## 퍽

따라가서 한 바퀴 돌려야지.
늪 사이로, 수풀 사이로,
덤불 사이로, 찔레 사이로.

–「한여름 밤의 꿈」(3막 1장)

## 퍽

찔레와 가시가 옷자락 잡아끌어...

–「한여름 밤의 꿈」(3막 2장)

## 허미아

이토록 지치고 고달팠던 적이 없어.
이슬과 가시와 찔레에 시달려서...

–「한여름 밤의 꿈」(3막 2장)

## 오베론

모든 요정들
찔레 위로 나는 새처럼 경쾌하게 뛰어...

–「한여름 밤의 꿈」(5막 1장)

## 아드리아나

무언가 당신을 내게서 앗아가려 한다면 그건
담쟁이, 찔레, 아니면 빈둥대는 이끼 같이
하찮은 것이어서...

–「실수연발」(2막 2장)

## 플랜태저닛

나와 함께 찔레 덩굴에서 흰 장미를 땁시다.

–「헨리 6세 제1부」(2막 4장)

## 로살린드

아, 고된 이 세상엔 찔레가 가득해!

–「뜻대로 하세요」(1막 3장)

## 헬레나

시간이 흘러 여름이 오면
찔레에도 가시는 물론 잎이 돋아
날카롭고도 향기로울 거야.

–「끝이 좋으면 다 좋아」(4막 4장)

## 폴릭세네스

곱상한 얼굴을 찔레로 할퀴어...

–「겨울 이야기」(4막 4장)

## 타이먼

참나무에도 도토리가 맺히고,
찔레에도 새빨간 열매가 달린다.

–「아테네의 타이먼」(4막 3장)

## 코리올라누스

찔레에 긁힌 상처라 웃고 넘기면 될 일이요.

–「코리올라누스」(3막 3장)

## 퀸터스

마구 자란 찔레로 덮어놓은
교묘한 구덩이 아니오?

–「타이터스 앤드로니커스」(2막 3장)

### 금작화
### (Broom, '빗자루'를 의미하기도 함)

##### 아이리스
실연당해
상심한 총각도 그 그늘을 좋아하는
금작화 숲...

－「템페스트」(4막 I장)

##### 간수의 딸
네, 정말 할 수 있어요. 금작화도, 어여쁜 로빈도
부를 수 있어. 당신 재단사 아니에요?

－「두 귀족 사촌 형제」(4막 I장)

##### 퍽
나는 빗자루를 들고 앞서 가서
문 뒤 먼지 쓸라 하셨어.

－「한여름 밤의 꿈」(5막 I장)

# 우엉(Burdock)

## *가시껍질(Bur, Burres)*

### 코델리아

현호색과 고랑풀,
우엉과 독미나리, 쐐기풀, 황새냉이,
독보리와 옥수수밭에 자라는 잡초로 엮은 화관
뒤집어쓰고 계셨다던데.

－「리어 왕」(4막 4장)

### 버건디

혐오스런 소리쟁이와 거친 엉겅퀴,
미나리 줄기, 가시껍질만이
가득합니다.

－「헨리 5세」(5막 2장)

### 셀리아

휴일에 장난삼아 던진 가시껍질일 뿐이야.
늘 다니던 길을 벗어나면
속치마에 그런 게 붙어.

### 로살린드

옷에 붙은 건 털어내면 되지만
이번엔 가시껍질이 내 심장에 박혔어.

－「뜻대로 하세요」(1막 3장)

### 루시오

아뇨, 수도사님,
저는 가시껍질 같아서 떨어지지 않아요.

－「자에는 자로」(4막 3장)

### 라이샌더

이거 놔, 앙큼한 것, 이 가시껍질.

－「한여름 밤의 꿈」(3막 2장)

### 판다루스

꼭 가시껍질 같지요.
단단히 들러붙어 떨어지지 않아요.

－「트로일로스와 크레시다」(3막 2장)

## 오이풀(Burnet)

### 버건디

점박이 앵초와 오이풀, 초록빛 클로버가
자라던 너른 들판에는...

–「헨리 5세」(5막 2장)

## 양배추(Cabbage)

### 휴 에반스 경

파우카 베르바, 존 경, 유익한 말이지요.

### 폴스타프

유익한 말?! 유익한 양배추다.

–「윈저의 즐거운 아낙네들」(1막 1장)

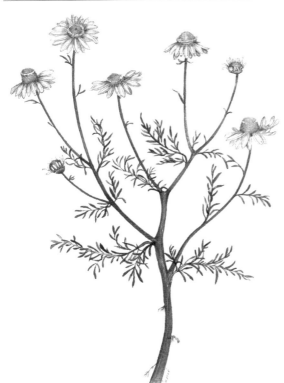

# 캐모마일(Camomile)

### 폴스타프

캐모마일은 짓밟힐수록
왕성히 자란다지만
청춘은 낭비할수록 빨리 져버린다.

–「헨리 4세 제I부」(2막 4장)

# 케이퍼(Caper)

### 앤드류 애규치크 경

정말이야. 나도 케이퍼를 자를 줄 안다고.

### 토비 벨치 경

나도 거기에 맞춰 양고기를 자를 줄 알지.

### 앤드류 애규치크 경

...우리 한바탕 놀아볼까?...

### 토비 벨치 경

아닙니다. 다리와 허벅집니다. 케이퍼 좀 보자,
하! 더 높이! 하, 하! 잘한다!

–「십이야」(1막 3장)

# 카르두스 베네딕투스(Carduus Benedictus)

## *홀리티슬(Holy Thistle)*

### 마가렛

카르두스 베네딕투스 진액을 가슴에 올려보세요.
구역질에는 그만한 약이 없어요.

### 헤로

방금 엉겅퀴로 가슴을 쑤셨구나.

### 비어트리스

베네딕투스! 어째서 베네딕투스야?
그 베네딕투스에 무슨 뜻이 있는 거구나.

### 마가렛

뜻이라뇨! 아니에요.
맹세코 다른 뜻은 없어요. 그냥 홀리티슬
(한해살이풀)을 말한 거예요.

–「헛소동」(3막 4장)

# 카네이션(Carnations)

## *길리버(Gillyvors)*패랭이꽃(Pinks)*

### 페르디타

이 계절 가장 어여쁜 꽃은
카네이션과 줄무늬 길리버인데
어떤 이들은 이 꽃을 '자연의 사생아'라고 해요.

–「겨울 이야기」(4막 4장)

### 폴릭세네스

네 꽃밭에 길리버 가득 심고
사생아라 부르지 마.

– 「겨울 이야기」 (4막 4장)

### 퀴클리 부인

카네이션은 못 견뎠을 걸요.
그런 색은 싫어했어요.

– 「헨리 5세」 (2막 3장)

### 코스터드

말씀 좀 묻겠소. 이 보수 하나로
카네이션 리본 얼마나 살 수 있소?

– 「사랑의 헛수고」 (3막 1장)

### 로미오

그것 참 정중한 설명이군.

### 머큐시오

나는 공손한 패랭이꽃 그 자체니까.

### 로미오

분홍색 꽃?

### 머큐시오

그래.

### 로미오

저런, 내 신발에 꽃무늬가 근사하군.

– 「로미오와 줄리엣」 (2막 4장)

### 노래[소년]

향기 아련한 각시패랭이꽃.

– 「두 귀족 사촌 형제」 (1막 1장)

## 캐러웨이(Caraway)

*가죽껍질(Leather-coats)*

———— ❖ ————

### 샐로우

아뇨, 제 정원을 보셔야 해요.
정자에 앉아 캐러웨이 요리와 함께 작년에
내가 직접 접붙인 피핀 사과를 곁들여 먹읍시다.

– 「헨리 4세 제2부」 (5막 3장)

### 데이비

여기 가죽껍질 한 접시요.

– 「헨리 4세 제2부」 (5막 3장)

### 당근(Carrot)

*캐럿(Caret, 라틴어로 '없다', '모자라다'는 뜻)*

———— ❖ ————

### 휴 에반스 경

기억해라, 윌리엄, '포카티브'는 '캐럿'이다.

### 퀴클리 부인

그것 참 든든한 뿌리지.

– 「윈저의 즐거운 아낙네들」 (4막 1장)

❧❦❧

## 삼나무(Cedar)

### 프로스페로

벼랑을 흔들어
소나무와 삼나무를 뽑았다.

– 「템페스트」 (5막 I 장)

### 워릭

어떤 폭풍에도 잎사귀를 떨어트리지 않는
산꼭대기 삼나무 같이...

– 「헨리 6세 제2부」 (5막 I 장)

## 워릭

두 팔 벌려 독수리의 피난처가 되어주고,
그늘 드리워 사자를 재우고,
제우스의 참나무보다 더 높이 솟았으며,
겨울 찬바람으로부터 낮은 수풀을 지켜주던
삼나무도 도끼날에 쓰러지니.

－「헨리 4세 제3부」(5막 2장)

## 크랜머

그분은 번창하시며,
산 위의 삼나무처럼
주위의 모든 평원에 가지를 뻗을 것입니다.

－「헨리 8세」(5막 5장)

## 포스투머스

장엄한 삼나무에서 잘라내 몇 년이고 죽었던
가지가 마침내 깨어날 때...

－「심벨린」(5막 4장)

## 예언자

고결하신 전하. 우뚝 선 삼나무는
전하를 상징합니다. 잘라낸 가지는
전하의 두 아드님이오, 벨라리우스가 납치해
몇 년이고 죽은 줄 알았으나 되살아났으니,
장엄한 삼나무에 다시 붙어
브리튼에 평화와 번영을 약속합니다.

－「심벨린」(5막 5장)

## 듀메인

삼나무처럼 꼿꼿하게...

－「사랑의 헛수고」(4막 3장)

## 글로스터

나는 고귀하게 태어났다.
삼나무 꼭대기에 독수리 집 짓고,
바람과 노닐며, 태양도 멸시한다.

－「리처드 3세」(1막 3장)

## 코리올라누스

반란의 바람이
위풍당당한 삼나무를 쓰러뜨리고...

－「코리올라누스」(5막 3장)

## 타이터스

마르쿠스, 우리는 삼나무가 아니라 한낱 관목이라.

－「타이터스 앤드로니커스」(4막 3장)

## 간수의 딸

개울 바로 옆에 다른 나무들보다 키가 크고,
버짐나무처럼 넓게 뻗은
삼나무에 가 있으라고 했어.

－「두 귀족 사촌 형제」(2막 6장)


위풍당당한 태양이 떠올라
영광스레 이 세상 내려보니
삼나무와 봉우리가 금빛으로 번쩍인다.

－「비너스와 아도니스」


삼나무는 하찮은 수풀의 발치에 수그리지 않으며
수풀이 삼나무의 뿌리에서 시드니.

－「루크리스의 겁탈」

# 체리(Cherry)

### 헬레나

우린 한 꼭지에 달린 두 알의 체리처럼
둘로 나뉜 것 같아도 따로,
또 같이 움직이는 한 쌍으로 자랐어.
하나의 줄기로 이어진 어여쁜 두 열매.

－「한여름 밤의 꿈」(3막 2장)

### 늙은 여인

체리와 체리가 닮듯
전하와 꼭 같아요.

－「헨리 8세」(5막 1장)

### 데메트리우스

아, 얼마나 탐스럽게 무르익었나
그대 입술, 맞닿은 체리 두 알, 매혹적이구나!

－「한여름 밤의 꿈」(3막 2장)

### 왕비 1

아, 고상한 그대 입술에
그녀의 체리 한 쌍이
달콤하게 닿으면...

－「두 귀족 사촌 형제」(1막 1장)

## 시스비

체리 같은 내 입술로 너의 돌에 입 맞추곤 했지.
회반죽 쌓아 올린 너의 돌에.

– 「한여름 밤의 꿈」 (5막 1장)


## 글로스터

쇼어의 아내는 발이 어여쁘고,
입술이 체리 같고, 두 눈 반짝이고,
말투는 듣기 좋다고 했다.

– 「리처드 3세」 (1막 1장)


## 시스비

이 백합같은 입술
이 체리같은 콧날
이 노란 앵초같은 뺨
이제 없다, 이제 없어...

– 「한여름 밤의 꿈」 (5막 1장)


## 콘스탄스

자두, 체리, 무화과를 주실 거야.

– 「리어 왕」 (4막 1장)


## 구혼자

한 무리 데려올 거야,
나처럼 사랑하는 검은 눈 아가씨 백 명
머리에는 수선화 화관 쓰고,
체리 입술에 장미 뺨...

– 「두 귀족 사촌 형제」 (4막 1장)

## 시라큐스의 드로미오

어떤 마귀는 그저 손톱 조각,
골풀, 머리카락, 피 한 방울, 바늘,
열매 하나, 체리 씨 하나만 달라는데...

– 「실수연발」 (4막 3장)


## 토비 벨치 경

저 사람 참! 엄숙한 이가 어찌 악마와
체리 씨 놀이를 한단 말인가!
더러운 검댕이 묻은 놈!

– 「십이야」 (3막 4장)


## 가워

그녀는 바늘 가지고 꽃봉오리와 새,
가지와 열매를 자연 그대로 그려내니
그 작품은 자연의 장미와 자매연 맺고
짜낸 직물과 비단은 빨간 체리와 쌍둥이라.

– 「페리클레스」 (4막 6장)


소년이 곁에 있으면 새들도 즐거워
어떤 새는 노래하고, 또 어떤 새는 부리로
오디와 빨갛게 익은 체리를 물어와
소년은 그 모습으로,
새들은 열매로 서로를 먹였어.

– 「비너스와 아도니스」

# 밤(Chestnut)

## 마녀 1

선원의 여편네가 무릎에 밤을 놓고
우적우적 먹길래...

–「맥베스」(I막 3장)

## 페트루치오

그런데 내게 여자의 입방정을 말해요?
시골 화로에서 군밤 튀는 소리
반절도 안 되는 걸.

–「말괄량이 길들이기」(I막 2장)

## 로살린드

솔직히 그 사람 머리카락은 빛깔이 고와,

## 셀리아

근사한 색이야.
밤색만큼 멋진 색은 없어.

–「뜻대로 하세요」(3막 4장)

## 클로버(Clover)

———◆❖◆———

### 버건디
점박이 앵초와 오이풀,
초록빛 클로버가 자라던
너른 들판에는...

－「헨리 5세」(5막 2장)

## 정향(Clove)

———◆❖◆———

### 바이런
레몬.

### 롱거빌
정향을 꽂은 것.

－「사랑의 헛수고」(5막 2장)

## 선옹초
## (Cockle, '잡초'와 '조개'를 의미하기도 함)

### 바이런

가자! 가자! 잡초 심으면 곡식 못 거둬.

–「사랑의 헛수고」(4막 3장)

### 코리올라누스

평민들이 섞여들도록 내버려두면
우리 손으로 밭 갈고, 씨 뿌리고 퍼트려서
의회에 맞서는 반항과 불복종과 폭동의 잡초를
키워내는 꼴이요.

–「코리올라누스」(3막 1장)

### 간수의 딸

그 남자의 아기를 가진 여자가 이백 명은 넘어요.
사백 명은 될 거예요. 그래도 난 그런 비밀 모두
지켜요. 꽉 다문 조개처럼.

–「두 귀족 사촌 형제」(4막 1장)

### 오펠리아[노래]

진실한 연인과
그렇지 않은 이를 어떻게 구별할까요?
조개껍데기 모자와 지팡이와
샌들을 보면 알아볼 수 있어요.

–「햄릿」(4막 5장)

## 콜로신스(Coloquintida)

### 이아고

그에게 지금은 캐롭처럼
다디단 음식도
이내 콜로신스처럼 쓰게 될 거야.

–「오셀로」(1막 3장)

## 매발톱꽃(Columbine)

### 아르만도
내가 그런 꽃이니.

### 듀메인
그런 박하.

### 롱거빌
그런 매발톱꽃.

– 「사랑의 헛수고」(5막 2장)

### 오펠리아
당신에게는 회향과 매발톱꽃을 줄게요.

– 「햄릿」(4막 5장)

## 코르크(Cork)

### 로살린드
소식을 듣게 제발 네 입의 코르크 마개를 열어.

– 「뜻대로 하세요」(3막 2장)

### 목자 아들 / 광대
맥주통에 코르크 마개 박아 넣듯요.

– 「겨울 이야기」(3막 3장)

### 콘월
코르크 같은 두 팔을 단단히 묶어라.

– 「리어 왕」(3막 7장)

# 옥수수
## (Corn, '곡식'을 의미하기도 함)

### 곤잘로

쇠붙이도, 곡식도, 술도, 기름도 안 쓰고...

－「템페스트」(2막 1장)

### 공작

곡식을 거두려면 씨부터 뿌려야지.

－「자에는 자로」(4막 1장)

### 티타니아

...목동 코린으로 변신해 온종일
옥수수 피리 불며 요염한 필리다에게
사랑 노래를 속삭이는 걸...

－「한여름 밤의 꿈」(2막 1장)

### 티타니아

농부가 흘린 땀은 물거품 되고, 푸릇한 옥수수는
수염도 나기 전에 썩어버렸으니...

－「한여름 밤의 꿈」(2막 1장)

### 에드워드 6세

용맹한 적들을 가을의 곡식처럼
그 기상이 한창일 때 꺾었도다!

－「헨리 6세 제3부」(5막 7장)

### 노래[시동 1, 2]

푸른 옥수수 밭을 지났어.
결혼하기 가장 좋은 봄이었어.

－「뜻대로 하세요」(5막 3장)

### 쟌 라 퓨셀

곡식 내다 판 돈 받으러 온
무식한 장사꾼처럼 말해라.

－「헨리 6세 제1부」(3막 2장)

### 쟌 라 퓨셀

곡식 팔러 온 가련한 장사꾼들이오.

－「헨리 6세 제1부」(3막 2장)

### 쟌 라 퓨셀

좋은 아침이오!
빵을 만들 곡식 필요해요?

－「헨리 6세 제1부」(3막 2장)

### 버건디

이제 곧 네 빵에 목구멍이 막혀서
그 곡식 거둔 걸 후회할 게다.

－「헨리 6세 제1부」(3막 2장)

### 글로스터 공작부인 / 엘레노어

세레스의 풍년에 무르익은 곡식처럼
고개를 수그리고 계시다니 무슨 일이세요?

−「헨리 6세 제2부」(1막 2장)

### 워릭

잘 다듬은 수염이 마구 헝클어져
여름날 폭풍에 휩쓸린 옥수수 같군.

−「헨리 6세 제2부」(3막 2장)

### 모브레이

거센 바람에 까불려서
옥수수 낟알도 쭉정이처럼 가벼워지고...

−「헨리 4세 제2부」(4막 1장)

### 맥베스

곡식을 쓰러트리고 나무를 넘어트리고...

−「맥베스」(4막 1장)

### 롱거빌

옥수수는 뽑고, 잡초는 자라게 두는군.

−「사랑의 헛수고」(1막 1장)

### 바이런

가자! 가자! 잡초 심으면 곡식 못 거둬.

−「사랑의 헛수고」(4막 3장)

### 에드거

자느냐, 깨었느냐, 즐거운 목동아?
양들이 옥수수 밭에 들어갔다.

−「리어 왕」(3막 6장)

### 코델리아

옥수수 밭에 자라는
잡초로...

−「리어 왕」(4막 4장)

### 데메트리우스

먼저 곡식을 도리깨질 하고,
그 뒤에 짚을 태워야지요.

-「타이터스 앤드로니커스」(2막 3장)

### 마르쿠스

오, 흩어진 곡식을 한 단으로
다시 묶는 방법을 가르쳐드리겠소.

-「타이터스 앤드로니커스」(5막 3장)

### 페리클레스

우리 배에... 배고픈 백성들에게
빵을 만들어 줄 곡식이 채워져 있소.

-「페리클레스」(1막 4장)

### 클레온

백성들 먹일 곡식 내어주셨으니...

-「페리클레스」(3막 3장)

### 마르시우스

신들은 곡식을 부자에게만 주시지 않았다.

-「코리올라누스」(1막 1장)

### 시민 1

그를 죽입시다. 그럼 우리가 원하는 값에
곡식을 살 수 있소. 동의하시오?

-「코리올라누스」(1막 1장)

### 마르시우스

볼스카족은 곡식이 많으니까.

-「코리올라누스」(1막 1장)

### 메네니우스

곡식을 자기들이 원하는 값에 사겠답니다.

-「코리올라누스」(1막 1장)

### 시민 1

우리가 곡식 때문에 들고 일어났을 때...

-「코리올라누스」(2막 3장)

### 브루투스

그들에게 곡식을 거저 주었을 때...

-「코리올라누스」(3막 1장)

### 코리올라누스

곡식 말이오!

　　　　－「코리올라누스」(3막 1장)

### 코리올라누스

한때 그리스에서 그랬듯
창고의 곡식을 무료로
배분한다면...

　　　　－「코리올라누스」(3막 1장)

### 코리올라누스

곡식은 보상이 아니었음을
저들도 알고 있소...
그런 자세로는
곡식을 거저 얻을 수 없소.

　　　　－「코리올라누스」(3막 1장)

### 크랜머

이런 좋은 기회를 얻어 대단히 기쁩니다.
스스로를 철저히 키질하여
쭉정이와 낟알을 구분하겠습니다.

　　　　－「헨리 8세」(5막 1장)

### 크랜머

그녀의 적들은 폭풍 맞은 옥수수 밭처럼
떨면서 슬픔에 고개 숙일 것입니다.

　　　　－「헨리 8세」(5막 5장)

### 리처드 2세

멸시 받은 눈물로 궂은 날씨를 만들고,
우리 한숨으로 여름 곡식을 짓밟자.

　　　　－「리처드 2세」(3막 3장)

### 아르시테

옥수수 밭 쓸고 가며
알갱이 놀래는 바람보다
더 재빨랐지.

　　　　－「두 귀족 사촌 형제」(2막 3장)

잡초에 뒤덮인 곡식처럼 조심히 겁내는 마음은
거부할 수 없는 욕정에 숨 막혀온다.

　　　　－「루크리스의 겁탈」

# 카우슬립
## (Cowslip, 앵초)

### 버건디

점박이 앵초와 오이풀, 초록빛 클로버가
자라던 너른 들판에는...

–「헨리 5세」(5막 2장)

### 왕비

제비꽃, 앵초, 큰앵초는
내 방으로 가져가라.

–「심벨린」(1막 5장)

### 이아키모

그녀 왼쪽 가슴의
사마귀에는 앵초 꽃잎 끝자락의
붉은 얼룩 같은 점이 다섯 개.

–「심벨린」(2막 2장)

### 에리얼

벌이 꿀 빠는 곳에서 나도 꿀 빨고,
앵초꽃 속에 나도 누워...

–「템페스트」(5막 1장)

### 플룻(시스비 역)

이 노란 앵초의 뺨...

–「한여름 밤의 꿈」(5막 1장)

### 요정

키 큰 앵초는 여왕님의 호위병
황금빛 외투에 빨간 무늬는
요정의 선물 루비
얼룩마다 향기가 나지,
나는 반드시 이슬방울을 찾아
앵초의 귀에 진주 귀걸이를 모두 걸어줘야지.

–「한여름 밤의 꿈」(2막 1장)

# 야생 능금(Crab-Apple)

### 퍽

가끔은 쪼그랑할멈 술잔 바닥에
구운 능금인척 가만히 있다가
한 모금 마실 때 입술을 왈칵 잡아채서
쭈글쭈글한 목덜미에 맥주를 쏟기도 하지.

– 「한여름 밤의 꿈」 (2막 1장)

### 메네니우스

당신들 바라는 대로 접붙이길 원치 않는
늙은 능금나무가 있소.

– 「코리올라누스」 (2막 1장)

### 서포크

귀한 종자에
천한 야생 능금 접붙이니
그 열매가 바로 너로구나.

– 「헨리 6세 제2부」 (3막 2장)

### 겨울의 노래

그릇 속 볶은 능금 지글대면
밤마다 우는 부엉이가 노래해.

– 「사랑의 헛수고」 (5막 2장)

### 광대

둘째 딸이 친절하게 대해줄 거야.
야생 능금과 사과가 서로 닮았듯
이 딸이나 저 딸이나 마찬가지겠지만,
나도 알 건 알아.

### 리어

네가 무얼 안단 말이냐?

### 광대

야생 능금이 모두 똑같은 맛이듯, 이 딸이나
저 딸이나 똑같단 말이지.

– 「리어 왕」(1막 5장)

### 캘리번

능금이 자라는 곳으로 안내하게 해주세요.

– 「템페스트」(2막 2장)

### 문지기

능금나무 몽둥이 열두 개 가져와라.
튼튼한 걸로.

– 「헨리 8세」(5막 4장)

### 페트루치오

저런, 그만 해, 케이트, 그만. 얼굴 찡그리지 말고.

### 캐서린

신 능금을 보면 늘 짓는 표정이야.

### 페트루치오

하지만 여기엔 신 능금이 없는 걸.
그러니 얼굴 펴.

– 「말괄량이 길들이기」(2막 1장)

### 홀로퍼니스

이윽고 '테라' 즉 땅, 흙, 지상에
능금처럼 떨어지오.

– 「사랑의 헛수고」(4막 2장)

# 까마귀꽃(Crowflowers)

### 거트루드

까마귀꽃, 쐐기풀, 데이지,
난초를 엮어
화환을 만들었어.

– 「햄릿」(4막 7장)

## 왕패모(Crown Imperial)

### 페르디타

대담한 앵초와

왕패모.

-「겨울 이야기」(4막 4장)

## 황새냉이(Cuckoo-Buds)

### 봄의 노래

얼룩덜룩 데이지꽃, 파란 제비꽃,

새하얀 은빛 꽃냉이,

노오란 황새냉이,

들판에 즐거이 그림 그리네.

-「사랑의 헛수고」(5막 2장)

## 커런트(Currants)

### 목자 아들 / 광대

양털깎기 축제에 뭘 사가야 하지?
설탕 삼 파운드, 커런트 오 파운드...

　　　－「겨울 이야기」(4막 3장)

### 테세우스

그대의 커런트같은 입술에 입맞춤 남겨요.

　　　－「두 귀족 사촌 형제」(1막 1장)

## 꽃차례(Cyme)

### *센나(Senna)*

### 맥베스

무슨 대황, 무슨 센나, 무슨 약이
잉글랜드 놈들을 몰아낼까?

　　　－「맥베스」(5막 3장)

# 사이프러스(Cypress)

*키프로스(Cyprus)*

### 서포크

달콤한 저들의 그늘은 사이프러스 숲이 돼라!

−「헨리 6세 제2부」 (3막 2장)

### 노래[페스티]

구슬픈 사이프러스에 나를 눕혀다오.

−「십이야」 (2막 4장)

### 올리비아

당신처럼 영리한 사람은
알만큼 알았을 테죠. 내 마음은
가슴이 아닌 사이프러스에 가렸어요.

−「십이야」 (3막 1장)

### 아우톨리쿠스

흩날리는 눈처럼 새하얀 리넨,
까마귀처럼 새까만 키프로스...

−「겨울 이야기」 (4막 4장)

### 아우피디우스

사이프러스 숲에서 날 기다린다.

−「코리올라누스」 (1막 10장)

### 그레미오

상아 궤짝에는 금은보화 가득하며,
사이프러스 상자에는 아라스 직물...

−「말괄량이 길들이기」 (2막 1장)

# 수선화(Daffodil)

*나르키소스(Narcissus)*

### 페르디타

제비보다도 먼저 와
그 어여쁨으로
삼월의 바람 유혹하는
수선화.

−「겨울 이야기」(4막 4장)

### 구혼자

머리에는 수선화 화관을 쓰고...

−「두 귀족 사촌 형제」(4막 1장)

### 에밀리아

이 정원에는 기쁨이 가득하구나.
이 꽃은 뭐지?

### 여인

나르키소스예요.

### 에밀리아

정말 어여쁜 소년이었지만 바보였어.
자신을 사랑하다니, 아가씨들도 많았을 텐데.

−「두 귀족 사촌 형제」(2막 2장)

### 아우톨리쿠스

수선화 피기 시작하면
계곡 너머 천한 계집과 함께
아, 가장 좋은 계절이 오는구나.

−「겨울 이야기」(4막 3장)

# 데이지(Daisies)

### 봄의 노래
얼룩덜룩 데이지, 파란 제비꽃,
새하얀 은빛 꽃냉이...

– 「사랑의 헛수고」(5막 2장)

### 오펠리아
데이지가 있네요.

– 「햄릿」(4막 5장)

### 거트루드
미나리아재비, 쐐기풀, 데이지,
난초를 엮어
화환을 만들었어...

– 「햄릿」(4막 7장)

### 루시우스
가장 어여쁜
데이지 핀 땅을 찾아
우리 창칼로 무덤을
만들어줍시다.

– 「심벨린」(4막 2장)

그녀의 다른 손이
초록 이불 위에 놓이니, 완벽한 하얀 빛이
사월의 초록 들판 위 한 떨기 데이지 같았다.

– 「루크리스의 겁탈」

### 노래[소년]
향은 없어도 가장 정다운 데이지.

– 「두 귀족 사촌 형제」(I막 I장)

# 독보리(Darnel)

## 코델리아

독보리와 옥수수 밭에 자라는 잡초로
엮은 화관 뒤집어쓰고 계셨다던데.

– 「리어 왕」 (4막 4장)

## 버건디

놀리는 땅에는
독보리와 독미나리,
무성한 잡초가
뿌리내리고...

– 「헨리 5세」 (5막 2장)

## 쟌 라 퓨셀

빵 구울 곡식이 필요해요?
버건디 공작은 그런 값에
사느니 차라리 굶을 테지.
독보리가 가득했거든. 맛이 좋던가요?

– 「헨리 6세 제I부」 (3막 2장)

# 대추야자(Dates)

### 목자 아들 / 광대

배 파이 물들일 사프란도 있어야 하고
메이스, 대추야자? 아냐, 그건 안 쓰여 있어.

－「겨울 이야기」(4막 3장)

### 유모

부엌에 대추야자와 퀸스가 더 필요하대요.

－「로미오와 줄리엣」(4막 4장)

### 파롤레스

대추야자는 그대 두 뺨보다는
파이나 죽에 넣어야 더 근사한 법.

－「끝이 좋으면 다 좋아」(1막 1장)

### 판다루스

남자가 무언지 아느냐?
출신과 용모, 몸가짐과 말솜씨, 사내다움, 학식,
점잖음, 미덕, 젊음, 관용, 이런 것들이
남자의 맛을 내는 양념이고 소금이 아니냐?

### 크레시다

네, 잘게 다진 남자요.
그리곤 대추야자 없이 파이로 굽겠죠.

－「트로일로스와 크레시다」(1막 2장)

## 듀베리(Dewberries)

### 티타니아
살구와 듀베리를 대접하고...

–「한여름 밤의 꿈」(3막 I 장)

## 소리쟁이(Docks)

### 버건디
혐오스런 소리쟁이와 거친 엉겅퀴,
미나리 줄기, 가시껍질만이
가득합니다.

–「헨리 5세」(5막 2장)

## 흑단(Ebony)

### 페르디난드 왕

그대 연인은 흑단처럼 까맣군.

### 바이런

흑단이 그녀 같나요? 오, 거룩한 나무여!
그런 나무와 같은 아내라면 무척 기쁠 것 같소.

- 「사랑의 헛수고」 (4막 3장)

### 페스티 / 광대

남북으로 난 꼭대기 창은 흑단처럼 투명해.

- 「십이야」 (4막 2장)

### 피스톨

흑단 동굴에서 복수의 독사와...

- 「헨리 4세 제2부」 (5막 5장)

### 페르디난드 왕

흑단처럼 새까만 잉크.

- 「사랑의 헛수고」 (1막 1장)

그에게는 죽음의 흑단 화살이 아니라
사랑의 황금 화살이 향했어야 했는데.

- 「비너스와 아도니스」

# 들장미(Eglantine)

### 아르비라구스

그대 얼굴 닮은 엷은 큰앵초나,
그대 핏줄 같은 푸른 헤어벨,
그대 숨결보다는
향기 덜한 들장미 잎,
이런 꽃들이 결코 모자람이 없을 것이다.

－「심벨린」(4막 2장)

### 오베론

야생 백리향이 가득 피어나고,
앵초와 한들거리는 제비꽃 자라는 곳을 알아.
향기로운 사향 장미와 들장미,
울창한 인동덩굴이 하늘을 뒤덮은 곳이야.

－「한여름 밤의 꿈」(2막 1장)

# 딱총나무(Elder, '연장자', '노인'의 뜻도 있음)

## 아르비라구스

뻗어가는 덩굴로 하여금 고약한 비애,
딱총나무가 그의 썩은 뿌리를 풀어헤치도록 하라!

– 「심벨린」 (4막 2장)

## 새터니누스

"바시아누스를 파묻기로 했던
구덩이 위로 그늘 드리우는
딱총나무 옆 쐐기풀에서
자네 수고비를 찾아가게.
이 일을 함으로써 우리는 영원한 친구가 될 걸세."
오, 타모라! 이런 말을 들어봤소?
이게 그 구덩이고, 이것이 그 딱총나무다.

– 「타이터스 앤드로니커스」 (2막 3장)

## 홀로퍼니스

먼저 하십시오. 저보다 어른(elder)이시니.

## 바이런

말 잘했군. 유다가 딱총나무에 목을 맸거든.

– 「사랑의 헛수고」 (5막 2장)

## 윌리엄스

하찮은 백성이 군주에 불만을 품어
딱총 쏘는
위태로운 짓이에요.

– 「헨리 5세」 (4막 1장)

## 헨리 왕자

늙어 빠진 늙은이가 앵무새처럼
머리를 헝클어트린 꼴을 봐.

– 「헨리 4세 제2부」 (2막 4장)

## 여관 주인

아이스쿨라피우스는요? 갈렌은?
딱총나무 심장은?

– 「윈저의 즐거운 아낙네들」 (2막 3장)

## 느릅나무(Elm)

### 아드리아나
내 남편, 당신은 느릅나무고, 나는 덩굴이죠.
연약한 나는 튼튼한 당신과 맺어져
당신 힘을 나누어가져요

– 「실수연발」 (2막 2장)

### 티타니아
보드라운 담쟁이가
우악스런 느릅나무 감아 오르듯.

– 「한여름 밤의 꿈」 (4막 1장)

### 포인스
대답해, 썩은 느릅나무, 대답해!

– 「헨리 4세 제2부」 (2막 4장)

## 에링고(Eringoes)

### 폴스타프

하늘에서 감자가 비처럼 쏟아지고,
푸른소매 가락에 맞춰 천둥이 치며,
달콤한 사탕이 우박으로 쏟아지며,
에링고가 눈과 같이 내려라.

－「윈저의 즐거운 아낙네들」(5막 5장)

## 회향(Fennel)

### 오펠리아

당신에게는 회향과 매발톱꽃을 줄게요.

－「햄릿」(4막 5장)

### 폴스타프

왜냐하면 둘이 엇비슷하게
고리 던지고 놀기 좋아하고,
붕장어에 회향 먹고...

－「헨리 4세 제2부」(2막 4장)

# 고사리(Fern)

### *고사리 씨(Fern-Seed)*

---

### 개즈힐

우리는 고사리 씨를 처방 받은 덕에
눈에 띄지 않게 돌아다닐 수 있지.

### 객실지기

아니요, 당신들이 보이지 않게 돌아다닐 수 있는
건 고사리 씨보다는 밤이 캄캄하기 때문이에요.

–「헨리 4세 제I부」(2막 I장)

# 무화과(Fig)

---

### 티타니아

살구와 듀베리를 대접하고,
붉은 포도와 푸른 무화과, 오디를 내어드려.

–「한여름 밤의 꿈」(3막 I장)

### 콘스탄스

그러면 할머니께서
자두, 체리, 무화과를 주실 거야.

–「존 왕」(2막 I장)

### 보초 1

여왕님께 드릴 무화과를 가져온
순박한 촌부입니다.

–「안토니3와 클레오파트라」(5막 2장)

### 보초 1

어느 촌부가 찾아와서
여왕님을 뵙겠다고 고집을 부립니다.
무화과를 가져왔다는군요.

–「안토니와 클레오파트라」 (5막 2장)

### 보초 1

여기 무화과 잎에
끈적끈적한 것이 묻었습니다.

–「안토니와 클레오파트라」 (5막 2장)

### 피스톨

피스톨이 거짓말하면 이렇게 하고,
미친 스페인 놈처럼 무화과를 먹여라.

–「헨리 4세 제2부」 (5막 3장)

### 피스톨

죽어서 지옥에 떨어져라.
네 우정은 무화과로 갚겠다.

### 플루엘런

좋다.

### 피스톨

스페인 무화과다.

–「헨리 5세」 (3막 6장)

### 피스톨

그럼 무화과를 주지.

–「헨리 5세」 (4막 1장)

### 피스톨

교양 있는 이들은 "옮긴다"고 해. "훔치다"니?
쳇! 그따위 말엔 피코(fico)라 할테다!
(Fico: Fig에서 기원한 말로, 하찮은 것, 말도 안 되는
소리 등 경멸의 의미를 지닌 단어로 쓰임.)

–「윈저의 즐거운 아낙네들」 (1막 3장)

### 이아고

고결? 무화과나 먹어!

–「오셀로」 (1막 3장)

### 이아고

축복 받은 무화과!

–「오셀로」 (2막 1장)

### 호너

내 모두에게 맹세하마.
그리고 피터에겐 무화과를.

–「헨리 6세 제2부」 (2막 3장)

### 차미안

오, 잘됐군! 난 무화과보다 장수하는 삶이 좋아.

–「안토니와 클레오파트라」 (1막 2장)

## 붓꽃(Flags)

### 옥타비우스 시저

속인들은
물결을 따라 흔들리는 붓꽃처럼
변덕스런 조수에 아부하여 이리저리 오가다가
여론 속에 썩어간다.

－「안토니와 클레오파트라」 (I막 4장)

# 아마(Flax)

### 포드

뭣? 온갖 재료 뒤섞은 푸딩 같은 놈이?

아마 씨 자루가?

－「윈저의 즐거운 아낙네들」(5막 5장)

### 토비 벨치 경

멋져. 실패에 휘감은 아마 실처럼 축 늘어졌어.

－「십이야」(I막 3장)

### 하인 3

넌 먼저 가라. 나는 피 흐르는 얼굴에 발라드릴

아마와 달걀흰자 가져갈게.

－「리어 왕」(3막 7장)

### 클리포드

폭군이 탐한다는 미녀도

타오르는 내 분노에는 기름과 아마일 뿐이오.

－「헨리 6세 제2부」(5막 2장)

### 오펠리아

그분 수염은 눈처럼 하얗고

아마 빛 머리카락 가졌지요.

－「햄릿」(4막 5장)

### 레온테스

내 아내가 천한 아마 계집처럼

천한 이름 받아 마땅하다고...

－「겨울 이야기」(I막 2장)

### 에밀리아

아마에 붙은 불씨처럼

감출 수 없었어.

－「두 귀족 사촌 형제」(5막 3장)

# 백합 문장(Flower-de-luce)

## *플뢰르 드 리스(Fleur-de-lis)*

### 헨리 5세

그대는 어떻소, 아름다운 내 플뢰르 드 리스여?

–「헨리 5세」(5막 2장)

### 전령

여러분 품에서
플뢰르 드 리스가 잘렸습니다.
잉글랜드 문장의 절반이
잘려나갔습니다.

–「헨리 6세 제1부」(1막 1장)

### 쟌 라 퓨셀

나는 준비 됐어요. 여기 양 옆에
플뢰르 드 리스가 새겨진 날선 검이 있어요.
–「헨리 6세 제1부」(1막 2장)

### 요크

내 손으로 잡을 홀에는
프랑스의 플뢰르 드 리스를 얹겠다.

–「헨리 6세 제2부」(5막 1장)

### 페르디타

플뢰르 드 리스 비롯하여
온갖 백합...

–「겨울 이야기」(4막 4장)

# 현호색(Fumiter)

*고랑풀(Furrow-weeds)*

## 코델리아

현호색과 고랑풀...

-「리어 왕」(4막 4장)

## 버건디

놀리는 땅에는
독보리와 독미나리, 무성한 잡초가
뿌리내리고

-「헨리 5세」(5막 2장)

# 가시금작화(Furze)

## 에리얼

귀에 마술을 거니
연약한 정강이 찔러대는
깔깔한 찔레와 날카로운 가시금작화,
따끔한 덤불과 가시 사이로
음악 소리를 따라 송아지처럼 따랐어요.

-「템페스트」(4막 1장)

## 곤잘로

천 길 바다를 주고라도
척박한 땅 한 줌을 얻겠다.
높이 자란 히스, 누런 가시금작화, 뭐든 좋다.

-「템페스트」(1막 1장)

# 마늘(Garlic)

## 보텀

친애하는 배우들, 숨결이 향긋해야 하니
양파나 마늘은 먹지 마.

– 「한여름 밤의 꿈」(4막 2장)

## 루시오

썩은 빵과 마늘 냄새 풍기는
거지와도 입을 맞추곤 했죠.

– 「자에는 자로」(3막 2장)

## 핫스퍼

차라리
오두막에서 치즈와 마늘을 먹으며 살겠소.

– 「헨리 4세 제I부」(3막 I장)

## 메네니우스

일꾼들의 목소리와
마늘 냄새 풍기는 자들의 숨결을
밟고 그토록 높이 올라서더니.

– 「코리올라누스」(4막 6장)

## 도르카스

몹사가 네 애인인가 봐.
마늘을 주어 숨결을 더 달콤히 해.

– 「겨울 이야기」(4막 4장)

# 생강(Ginger)

### 목자 아들 / 광대
메이스, 대추야자? 아냐, 그건 안 써있어.
너트멕 일곱 개, 생강 한두 뿌리,
그건 그냥 얻어야지.

　　　－「겨울 이야기」 (4막 3장)

### 페스티 / 광대
맞아. 성 안나에 걸고 맹세컨대
생강을 입에 넣으면 매콤해.

　　　－「십이야」 (2막 3장)

### 폼페이
먼저, 여기 성급한 나리께서
누런 종이와 묵은 생강 값을 치르러 왔지.
백구십칠 파운드를 내고는
그걸 팔아 겨우 삼 파운드를 벌었어.
게다가 생강을 사겠다는 사람도 별로 없었지.
늙은 여인네들은 모두 죽었으니까.

　　　－「자에는 자로」 (4막 3장)

### 마차꾼 2
나는 채링크로스까지
훈제 베이컨 한 덩이와
생강 두 뿌리를 배달해야 해.

　　　－「헨리 4세 제1부」 (2막 1장)

### 살라니오
생강을 질겅대며 씹는다고 허풍 떠는 노파처럼
거짓이길 바랄 뿐이야.

　　　－「베니스의 상인」 (3막 1장)

### 올리언스
빛깔이 너트멕 같소.

### 황태자
그리고 열기는 생강 같군.

　　　－「헨리 5세」 (3막 7장)

# 구스베리(Gooseberry)

### 폴스타프

사람에게 주어진 모든 재능은 시대의 악의적인
손길이 닿아 구스베리만큼의 가치도 없어졌어요.

－「헨리 4세 제2부」(1막 2장)

### 맥베스

새카맣게 타오르는 마귀의 저주를 받아라,
허여멀건 한 멍청아!
겁에 질린 구스 꼴은 어찌된 일이냐?

－「맥베스」(5막 3장)

### 바이런

애간장이란 저런 것이군.
여느 여인네를 요정으로, 푸릇한 구스를
여신으로 만들어 버리다니. 우상숭배나 다름없다.

－「사랑의 헛수고」(4막 3장)

# 박(Gourd)

*호박(Pumpion)*매로우(Marrow, 긴 호박)*조롱박(Curbita)*

### 포드 부인

이 해롭고 축축한 물호박을 골려줄 때가 왔구나.

　　–「윈저의 즐거운 아낙네들」(3막 3장)

### 타이먼

오, 뿌리! 고맙다!
매로우와 덩굴, 이랑 진 밭을 말려라.
고마운 줄 모르는 인간이 술과
기름진 음식으로 맑은 정신을 더럽히고,
그로부터 모든 배려를 앗아간다!

　　–「아테네의 타이먼」(4막 3장)

### 파롤레스

굉장한 녀석이야. 게다가 배불리 먹었어...
기다림 끝에 피어난 꽃이 더욱 향기로우니,
조롱박 속에 익어가는 술이
때가 되면 당신의 잔에
기쁨으로 넘쳐흐를 겁니다.

　　–「끝이 좋으면 다 좋아」(2막 4장)

### 피스톨

박과 협잡 주사위가 뒹군다.

　　–「윈저의 즐거운 아낙네들」(I막 3장)

# 포도(Grapes)

*건포도(Raisins)* (덩굴Vines 참조*)

———◆◆◆———

## 티타니아

살구와 듀베리를 대접하고,
붉은 포도와 푸른 무화과, 오디를 내어드려.

– 「한여름 밤의 꿈」 (3막 I장)

## 노래

오라, 포도 덩굴의 왕이여,
살찐 바쿠스, 붉어진 눈을 하고!
그대 술에 우리의 근심을 빠뜨리고,
그대 포도로 우리 머리를 꾸미리.

– 「안토니와 클레오파트라」 (2막 7장)

## 클레오파트라

이제 더는
이집트의 포도가 이 입술을 적시지 않으리라.

– 「안토니와 클레오파트라」 (5막 2장)

## 타이먼

가라, 열병에 피가 끓어올라 거품이 되도록
포도의 피를 빨아먹고...

– 「아테네의 타이먼」 (4막 3장)

## 터치스톤

그 야만적인 철학자는 포도가 먹고 싶으면 입에
포도를 넣으면서 입술을 벌려.
그러니까 포도는 먹히라고 있고,
입술은 열라고 있다는 말이야.

– 「뜻대로 하세요」 (5막 I장)

## 메네니우스

찌푸린 그 얼굴은 잘 익은 포도도 시게 만들고...

– 「코리올라누스」 (5막 4장)

## 라퓨

아직 포도 한 알이 남았지.

– 「끝이 좋으면 다 좋아」 (2막 I장)

### 이아고

그 여자가 마시는 와인도 포도로 만든 거야.

–「오셀로」(2막 I장)

### 라퓨

오, 포도를 잡수지 않으실 테요, 여우 왕이시여?
분명 고귀한 이 포도를 잡수고 싶을 텐데요.
여우 왕께서 손이 닿기만 하면요.

–「끝이 좋으면 다 좋아」(2막 I장)

### 폼페이

...당신이 앉아 있기 좋아하는 '포도송이'
방에서 있었던 일이지요.

–「자에는 자로」(2막 I장)

### 피리토우스

얼굴빛이
잘 익은 포도처럼 불그레하고...

–「두 귀족 사촌 형제」(4막 2장)

포도 한 알 얻자고 덩굴을 꺾어
죽일 자가 누구인가?

–「루크리스의 겁탈」

### 목자 아들 / 광대

자두 네 파운드, 건포도는 많이.

–「겨울 이야기」(4막 3장)

포도 그림에 속은 새들이
눈은 포식하고 배는 슬피 울 듯...

–「비너스와 아도니스」

# 풀(Grasses)

*여물(Stover)*김의털(Fescue, '막대'를 의미하기도 함)*꿀줄기(Honey-stalks)*

### 도적 1

짐승이나 새나 물고기처럼
풀과 열매, 물만 먹고는 못 살아요.

– 「아테네의 타이먼」 (4막 3장)

### 세레스

그대의 여왕께서 왜
나를 짧은 풀이 가득한
초원으로 부르셨나요?

– 「템페스트」 (4막 I장)

### 엘리

밤에 더 왕성히 자라는 여름풀처럼...

– 「헨리 5세」 (I막 I장)

### 라바츠 / 광대

저는 위대한 네부카드네자르가 아니에요.
풀에 대해서는 잘 몰라요.

– 「끝이 좋으면 다 좋아」 (4막 5장)

### 헨리 5세

싱그러운 처녀와 자라나는 아기들을
풀 베듯 하리니...

– 「헨리 5세」 (3막 3장)

### 리처드 2세

초원에 자라난 풀을
잉글랜드의 충성스런 피로 적시겠소.

– 「리처드 2세」 (3막 3장)

### 그랜드프레이

맥없이 파리한 입에는 단단한 재갈이
더럽게 씹힌 풀과 함께 가만히 놓여있소.

– 「헨리 5세」 (4막 2장)

### 타모라

물고기 앞의 미끼보다, 양 앞의 꿀줄기보다
더 달콤하고도 위험한 말로
앤드로니커스를 유혹할 겁니다.
미끼에 걸린 물고기는 상처입고,
맛난 줄기를 삼킨 양은 간이 썩지요.

– 「타이터스 앤드로니커스」 (4막 4장)

### 아이리스

무성한 풀 뜯는 양떼가 사는 산,
겨울 먹이 여물로 뒤덮인 너른 목초지...

– 「템페스트」 (4막 1장)

### 서포크

살을 에는 찬바람에 풀 한 포기 안자라는
산꼭대기에 벌거벗고 서서라도...

– 「헨리 6세 제2부」 (3막 2장)

### 라이샌더

달의 여신 포이베가
거울 같은 물 위로 은빛 얼굴 비추고
풀잎마다 진주 이슬을 장식한다.

– 「한여름 밤의 꿈」 (1막 1장)

### 곤트의 존

노래하는 새들을 악사들이라,
네가 밟는 풀 따라 자라난 꽃들은
아름다운 여인들이라 생각해라.

– 「리처드 2세」 (1막 3장)

### 잭 케이드

모든 영토는 공유지가 될 것이며,
칩사이드 장터에 내 말이 풀 뜯으러 갈 것이다.

– 「헨리 6세 제2부」 (4막 2장)

### 잭 케이드

그리하여 이 더운 날씨에,
뱃속을 서늘히 해줄 풀이라도
뜯어먹을 수 있을지 보려고 벽돌담을 넘어
이 정원에 숨어들었다.

– 「헨리 6세 제2부」 (4막 10장)

### 페르디난드 왕

풀밭에서 공주님과 춤추려고
몇 마일이나 걸어왔다고 전하게.

### 보이엣

풀밭에서 공주님과 춤추려고
몇 마일이나 걸어왔다고 하십니다.

– 「사랑의 헛수고」 (5막 2장)

### 새터니누스

그 소식에 할큄 당한 내 머리가
서리 맞은 꽃처럼, 폭풍 맞은 풀처럼 수그러든다.

– 「타이터스 앤드로니커스」 (4막 4장)

## 햄릿

네, 그렇지만, "풀이 자랄 동안에"라는 속담은
좀 케케묵었군.

－「햄릿」(3막 2장)

## 오펠리아

그분은 죽고 없어요, 여인이여.
그분은 죽고 없어요.
머리맡엔 초록 풀이 덮였고요,
발치에는 돌이 쌓였어요.

－「햄릿」(4막 5장)

## 루시아나

네가 정말 무언가로 변했다면 그건 당나귀야.

## 시라큐스의 드로미오

맞아요. 그녀가 제 등에 타고,
저는 풀이 먹고 싶으니까요.

－「실수연발」(2막 2장)

## 살라리노

자꾸만
바람 부는 방향을 알려고 풀 뽑아 흩날리고...

－「베니스의 상인」(1막 1장)

## 곤잘로

풀이 얼마나 싱그럽고 무성한가! 얼마나 푸른가!

－「템페스트」(2막 1장)

## 아이리스

여기 이 풀밭 바로 이 자리로
와서 즐기자고 하십니다.

－「템페스트」(4막 1장)

## 볼링브룩

우리는
평야의 융단 같은 풀 위로 행군하겠소.

－「리처드 2세」(3막 3장)

## 시골 사람 3

그래, 맞아. 주먹에 막대 하나 쥐어주면 새로
한 수 배우고 얌전히 굴거야.
우리 다들 오월 축제 가는 건가?

－「두 귀족 사촌 형제」(2막 3장)

울타리 안에는 뭐든 다 있어.
달콤한 풀, 아름다운 평원
솟아오른 봉우리, 숨겨진 거친 덤불...

－「비너스와 아도니스」

풀은 고개를 숙이지 않고,
그녀 발걸음은 가볍다.

－「비너스와 아도니스」

소년의 숨결이 그녀 생명 되돌릴 때까지
그녀는 풀 위에 죽은 듯 누워있다.

－「비너스와 아도니스」

## 헤어벨(Harebell)

### 아르비라구스
그대 얼굴 닮은 엷은 큰앵초나,
그대 핏줄 같은 푸른 헤어벨...

– 「심벨린」 (4막 2장)

## 산사나무(Hawthorn)
*산사꽃봉오리(Hawthorn-buds)*덤불(Brake)*
산사꽃(Hawthorn-blossom)*
오월 나무(May Tree)*

### 로살린드
검은딸기나무에 비가를 걸어서
숲을 망치는 사람이 있어요.

– 「뜻대로 하세요」 (3막 2장)

### 피터 퀸스
여기 푸른 풀밭은 우리의 무대고,
저기 산사덤불은 분장실이야.

– 「한여름 밤의 꿈」 (3막 1장)

### 퍽
따라가서 한 바퀴 돌려야지.
늪 사이로, 수풀 사이로, 덤불 사이로, 찔레 사이로.

– 「한여름 밤의 꿈」 (3막 1장)

## 헬레나

달콤한 네 목소리,
밀싹이 녹색이 되고 산사꽃봉오리가 맺힐 때
목동 귀에 지저귀는 종달새 노래보다 듣기 좋아.

－「한여름 밤의 꿈」(1막 1장)

## 폴스타프

나는 당신이 이렇고 저렇다는 둥
남자 옷만 갖춰 입었을 뿐 산사나무
꽃봉오리처럼 혀짤배기 소리 해대는
계집처럼 거짓말은 못 하오.

－「윈저의 즐거운 아낙네들」(3막 3장)

## 헨리 4세

신하들의 반역을 겁내는 왕 위로
드리워진 화려하게 수놓인 차양보다는
양 돌보는 목자 곁의 산사덤불이
더 달콤한 그늘 되어주지 않던가?

－「헨리 6세 제3부」(2막 5장)

## 에드거

날카로운 산사덤불 틈으로 찬바람이 몰아친다.

－「리어 왕」(3막 4장)

## 아르시테

산사덤불 속으로 돌아가라.

－「두 귀족 사촌 형제」(3막 1장)

거센 바람 오월 꽃봉오리 흔들고
여름은 너무 빨리 지나가요.

－ 소네트 18

## 햄릿

아버지의 온갖 죄가 오월 잎사귀처럼 만개하여
탐욕과 향락이 가득할 때, 아버지를 살해했다.

－「햄릿」(3막 3장)

# 개암나무(Hazel)/열매(Nut)

*개암열매(Filberds, Filberts, Philbirtes)*

## 머큐시오

그녀의 마차는 속 빈 개암열매야.
먼 옛날부터 요정 마차 장인이었던
다람쥐 목수나 늙은 굼벵이가 만들었지.

－「로미오와 줄리엣」(1막 4장)

## 페트루치오

케이트는 개암나무 가지처럼
꼿꼿하고 날씬하고 개암열매처럼
갈색에 그 속 알맹이보다 달콤해.

－「말괄량이 길들이기」(2막 1장)

## 머큐시오

너는 호두를 까는 사람만 봐도 싸움을 걸 놈이지.
그저 네 눈동자가 개암나무 열매와
같은 색이라는 이유로.

– 「로미오와 줄리엣」 (3막 I장)

## 테르시테스

헥토르가 당신들 머리통을 부순다면
대단한 보상을 얻는 거요.
알맹이 없는 묵은 열매를 깨는 것과 같지.

– 「트로일로스와 크레시다」 (2막 I장)

## 곤잘로

저 사람은 빠져 죽지 않는다고 내가 장담하오.
이 배가 개암 껍질처럼 약해도...

– 「템페스트」 (I막 I장)

## 캘리번

주렁주렁 개암열매 송이도 알려드리고,

– 「템페스트」 (2막 2장)

## 터치스톤

단 열매일수록 껍질은 시큼해요.
로살린드가 바로 그런 열매예요.

– 「뜻대로 하세요」 (3막 2장)

## 티타니아

모험 좋아하는 요정이 있으니
다람쥐 비밀 창고 찾아내 햇 열매 가져오라 할게요.

– 「한여름 밤의 꿈」 (4막 I장)

## 셀리아

그는 사랑의 진실성을 속이 텅 빈 잔이나
벌레 먹은 열매라고 생각해.

– 「뜻대로 하세요」 (3막 4장)

## 햄릿

오, 악몽에만 시달리지 않는다면 비좁은
껍데기에 갇혀산다 해도 나 스스로를 무한한
공간의 왕이라 여길 수 있겠다.

– 「햄릿」 (2막 2장)

## 라퓨

내 말을 믿으시오.
저 가벼운 열매는 속이 텅 비었소.

– 「끝이 좋으면 다 좋아」 (2막 5장)

## 시라큐스의 드로미오

어떤 마귀는 그저 손톱 조각,
골풀, 머리카락, 피 한 방울, 바늘,
열매 하나, 체리 씨 하나만 달라는데...

– 「실수연발」 (4막 3장)

# 히스(Heath)

*링(Ling)*

❖━━◆━━❖

## 곤잘로

천 길 바다를 주고라도
척박한 땅 한 줌을 얻겠다.
높이 자란 히스, 누런 가시금작화, 뭐든 좋다.

–「템페스트」(I막 I장)

# 헤베논(Hebenon)
# /헤보나(Hebona)

*주목(Yew)*벨라도나(Deadly Nightshade)*
독미나리(Hemlock)*

❖━━◆━━❖

## 망령

편히 쉬던 그 시간에 네 삼촌이 몰래
저주 받은 헤베논 독을 작은 병에 담아와
잠든 내 귀에 부었다.
살을 썩게 하는 그 물약은 사람 피와
상극인 탓에 수은처럼 빠르게 몸의 입구와
골목을 따라 퍼져서는 우유에 식초를
떨어뜨린 듯 삽시간에 기운을 뻗쳐
건강한 묽은 피를 굳힌다. 내게도 그랬다.
그러자 그 순간에 매끈하던 내 몸이
끔찍하고 추악하게 굳어지며
문둥이처럼 종기가 돋았다.

–「햄릿」(I막 5장)

# 독미나리(Hemlock)

## 마녀 3

어둠 속에 캐낸 독미나리 뿌리...

– 「맥베스」 (4막 2장)

## 버건디

놀리는 땅에는
독보리와 독미나리,
무성한 잡초가
뿌리내리고...

– 「헨리 5세」 (5막 2장)

## 코델리아

현호색과 고랑풀,
우엉과 독미나리,
쐐기풀, 황새냉이...

– 「리어 왕」 (4막 4장)

# 삼(Hemp)

## 피스톨

교수대에 개를 달고, 사람은 놓아주어
삼줄이 그 숨통을 조이지 않게 해주시오.

– 「헨리 5세」 (3막 6장)

## 해설

삼줄 타고 오르는
뱃소년 상상해보시오.

– 「헨리 5세」 (3막 코러스)

## 잭 케이드

그렇다면 삼죽 먹고 손도끼 도움을 받아야겠다.

– 「헨리 6세 제2부」 (4막 7장)

## 퍽

웬 삼베옷 촌뜨기들이 이리 소란이야?

– 「한여름 밤의 꿈」 (3막 I장)

## 퀴클리 부인

이 삼씨 악당아.

– 「헨리 4세 제2부」 (2막 I장)

## 호랑가시나무(Holly)

### 노래[아미엥]

헤이 호! 노래해. 헤이 호! 초록 호랑가시에
우정은 거짓, 사랑은 실수
그렇다면 헤이 호, 호랑가시!
이런 삶이 가장 기쁘다.

— 「뜻대로 하세요」 (2막 7장)

# 인동(Honeysuckle)

## *인동덩굴(Woodbine)*

### 헤로

그리고는 가지 엮인 그늘 아래 숨으라고 해.
햇살 받고 자란 인동덩굴이
바로 그 해를 가리는 곳 말이야.

－「헛소동」(3막 I 장)

### 어슐라

베아트리체 아가씨를 낚으려는 거지요.
지금 저기 인동덩굴 그늘 아래 숨었잖아요.

－「헛소동」(3막 I 장)

### 티타니아

주무셔요. 내 두 팔로 그대 안을게요.
인동덩굴이 향긋한 인동꽃
다정히 얽어매듯, 보드라운 담쟁이가
우악스런 느릅나무 감아 오르듯.

－「한여름 밤의 꿈」(4막 I 장)

### 퀴클리 부인

아, 인동덩굴 악당 같으니라고.

－「헨리 4세 제2부」(2막 I 장)

### 오베론

야생 백리향 가득 피어나고,
앵초와 한들대는 제비꽃 자라는 곳을 알아...
울창한 인동덩굴이 하늘 뒤덮은 곳이야.

－「한여름 밤의 꿈」(2막 I 장)

# 히솝(Hyssop)

### 이아고

이렇게 될지 저렇게 될지는 우리가 정해.
우리 몸은 정원이고, 우리는 그 정원사야.
쐐기풀을 심을지, 양상추 씨앗을 뿌릴지,
히솝을 키울지, 타임을 뽑아낼지,
한 가지 허브만 심을지
또는 여러 종류를 같이 심을지,
게으름 부려 아무것도 거두지 못할지,
부지런히 거름을 줄지, 이런 것들을 결정하는
권한은 우리 의지에 달렸어.

－「오셀로」(I막 3장)

# 미치광이 뿌리(Insane Root)

### 뱅코우

그런 것들이 정말 여기 있었소?
아니면 우리가 이성을 포로로 잡는다는
미치광이 뿌리를 먹었소?

－「맥베스」(I막 3장)

# 담쟁이(Ivy)

### 티타니아

보드라운 담쟁이가
우악스런 느릅나무 감아 오르듯.

−「한여름 밤의 꿈」(4막 1장)

### 프로스페로

그리하여 그는
내 나무를 휘감고
내 기운을 빨아먹는 담쟁이가 되었다.

−「템페스트」(1막 2장)

### 아드리아나

무언가 당신을 내게서 앗아가려 한다면
그건 담쟁이, 찔레,
아니면 빈둥대는 이끼 같이
하찮은 것이어서
당신의 수액을 빨고
당신의 혼란을 먹으며
잘리기만을 기다릴 테죠.

−「실수연발」(2막 2장)

### 목자

가장 좋은 양 두 마리를 쫓아버렸으니 주인보다
늑대가 먼저 찾을까 두렵다. 찾는다면 아마
바닷가에서 담쟁이를 뜯고 있을 거야.

−「겨울 이야기」(3막 3장)

### 피리토우스

머리는 노랗고,
질긴 머리털이 곱실대며,
담쟁이처럼 단단히 얽혀서
천둥이 쳐도 흐트러지지 않소.

−「두 귀족 사촌 형제」(4막 2장)

## 미나리 줄기(Kecksies)

### 버건디

혐오스런 소리쟁이와
거친 엉겅퀴,
미나리 줄기,
가시껍질만이 가득합니다.

– 「헨리 5세」 (5막 2장)

## 마디풀(Knot-Grass)

### 라이샌더

비켜라, 난쟁이야.
성가신 꼬맹아.
마디풀아,
방울알, 도토리야.

– 「한여름 밤의 꿈」 (3막 2장)

## 꽃냉이(Lady-Smocks)/
## 황새냉이(Cuckoo-Flowers)

봄의 노래
...새하얀 은빛 꽃냉이,
노오란 황새냉이,
들판에 즐거이 그림 그리네.

－「사랑의 헛수고」(5막 2장)

### 코델리아

방금 전에도
폭풍 이는 바다처럼 넋이 나가 큰 소리로
노래하고, 현호색과 고랑풀, 우엉과 독미나리,
쐐기풀, 황새냉이, 독보리와 옥수수밭에 자라는
잡초로 엮은 화관 뒤집어쓰고 계셨다던데.

－「리어 왕」(4막 4장)

## 제비고깔(Lark's-Heels)

### 노래[소년]

무덤가에 피는 메리골드, 단정한 제비고깔
자연의 어여쁜 자녀들 모두
신랑 신부 발치에 누웠네.

－「두 귀족 사촌 형제」(1막 1장)

# 라벤더(Lavender)

## 페르디타

당신을 위한 꽃이에요.
뜨거운 라벤더, 박하, 세이보리, 마조람.

─「겨울 이야기」(4막 4장)

# 부추(Leek)

## 시스비

두 눈은 부추처럼 푸르렀어.

─「한여름 밤의 꿈」(5막 1장)

## 피스톨

성 다윗 축제일에 내가 그자의 모자에 붙은
부추를 떼어버린다고 해라.

─「헨리 5세」(4막 1장)

## 플루엘런

전하께서 기억하신다면
웨일스인이 부추가 자라는 밭에서도
큰 공을 세웠습니다. 몬머스 모자에 다는 부추가
그 공에 대한 영예로운 훈장인 줄 전하께서도
아시기에 성 다윗 축제일에 부끄러움 없이
부추를 달고 계시리라 믿습니다.

─「헨리 5세」(4막 7장)

# 레몬(Lemon)

**바이런**

레몬.

**롱거빌**

정향 꽂은 것.

「사랑의 헛수고」 (5막 2장)

# 양상추(Lettuce)

**이아고**

쐐기풀을 심을지, 양배추 씨앗을 뿌릴지...

-「오셀로」 (1막 3장)

# 백합(Lily) / 은방울꽃(Lily of the Valley)

### 페르디타

플뢰르 드 리스 비롯하여
온갖 백합!

– 「겨울 이야기」 (4막 4장)

### 란스

봐, 백합처럼 하얗고 가지처럼 날씬해.

– 「베로나의 두 신사」 (2막 3장)

### 프랑스 공주

순수한 백합처럼
순결한 처녀로서 내 명예를 걸고...

– 「사랑의 헛수고」 (5막 2장)

### 아라곤의 캐서린

한때 들판의 여왕으로 영광을 누렸던
백합처럼
고개 수그려 죽어야지.

– 「헨리 8세」 (3막 I장)

### 줄리아

바람이 그녀 두 뺨에 피었던 장미는 말려 죽이고,
그 얼굴에 있던 백합의 흔적은 훔쳐가서...

– 「베로나의 두 신사」 (4막 4장)

### 플룻 (시스비 역)

빛나는 피라무스, 백합처럼 새하얗고...

– 「한여름 밤의 꿈」 (3막 I장)

하는 행동 따라 향기도 시어진다.
병든 백합은 잡초보다 역한 냄새 풍기니.

– 소네트 98

### 플룻 (시스비 역)

이 백합 입술.

– 「한여름 밤의 꿈」 (5막 I장)

### 크랜머

처녀로 죽어
티 없는 백합처럼
땅 속에 들어갑니다.

– 「헨리 8세」 (5막 5장)

### 이아키모

찬란히 그대 침대 이루었구나, 신선한 백합!

－「심벨린」 (2막 2장)

### 트로일로스

나를 신속히 그 들판에 데려다주오.
내가 백합 밭에 뒹굴어...

－「트로일로스와 크레시다」 (3막 2장)

### 마르쿠스

오, 그 괴물이 사시나무 잎사귀처럼 류트 위에
춤추던 네 백합 손을 보았더라면...

－「타이터스 앤드로니커스」 (2막 4장)

### 타이터스

솟아난 눈물
꺾어져 시들어가는 백합에 맺힌 이슬방울처럼
그녀의 두 뺨 타고 흘렀도다.

－「타이터스 앤드로니커스」 (3막 1장)

## 콘스탄스

백합과 반쯤 피어난 장미에게
자연의 선물을 자랑할 수도 있겠지만...

－「존 왕」 (3막 1장)

## 기데리우스

오, 어여쁜 백합!
아우도 너를 품었지만
계속 자라는 너에 비하면 반절도 되지 않았다.

－「심벌린」 (4막 2장)

## 살즈버리

금에 금을 입히거나, 백합을 칠하거나,
제비꽃에 향수를 뿌리거나
...터무니없는 사치에 불과하오.

－「존 왕」 (4막 2장)

## 켄트

간덩이가 백합처럼 허연 겁쟁이.

－「리어 왕」 (2막 2장)

## 맥베스

간덩이가 백합처럼 허연 녀석아...

－「맥베스」 (5막 3장)

백합 흰빛에도 감탄할 수 없었고,
장미 붉은빛도 찬미하지 않았노라.

－ 소네트 98

그대 손길이라 백합을 책망하고

－ 소네트 99

어여쁜 그 얼굴에서 타퀸이 본 것은
백합과 장미가 벌이는 침묵의 전쟁.

－「루크리스의 겁탈」

장미 뺨 아래 백합 손 놓이고
정당한 입맞춤을 베개에서 훔치니.

－「루크리스의 겁탈」

그대 얼굴빛
분노에 백합처럼 하얘지고
수치심에 빨간 장미 피어오르니.

－「루크리스의 겁탈」

백합처럼 창백하지만
어여쁨 더하는 다마스크 염료.

－「열정의 순례자」

그녀가 다정히 그의 손잡으니
눈의 감옥에 갇힌 백합일까...

－「비너스와 아도니스」

그녀는 백합 같은 손가락 옥죈다.

－「비너스와 아도니스」

백합처럼 새하얗던 옆구리는
상처가 쏟아낸 붉은 눈물로 물든다.

－「비너스와 아도니스」

# 줄나무(Line Tree)/피나무(Linden)

### 에리얼

모두 포로들이에요.
주인님 오두막 앞
바람 막는 줄나무 숲에 있어요.

– 「템페스트」 (5막 1장)

### 프로스페로

자, 그걸 여기 줄에 걸어라.

– 「템페스트」 (4막 1장)

### 스테파노

줄나무 아주머니, 이거 내 털조끼 아닌가?

– 「템페스트」 (4막 1장)

# 로커스트(Locust)

*캐롭나무(Carob Tree)*

### 이아고

그에게 지금은 캐롭처럼 다디단 음식도 이내
콜로신스처럼 쓰게 될 거야.

– 「오셀로」 (1막 3장)

109

## 롱 퍼플(Long Purples)
*죽은 자의 손가락(Dead-Men's Fingers)*

### 거트루드
미나리아재비, 쐐기풀, 데이지, 난초를 엮어
화환을 만들었어.
천한 목동들은 상스러운 이름으로 부르지만,
얌전한 우리 아가씨들은
죽은 자의 손가락이라고 해.

- 「햄릿」(4막 7장)

## 아욱(Mallow)

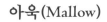

### 안토니오
쐐기풀 씨앗을 뿌릴 테지.

### 세바스찬
아니면 소리쟁이나 아욱.

- 「템페스트」(2막 1장)

# 맨드레이크(Mandrake)/만드라고라(Mandragora)

### 클레오파트라

만드라고라를 가져와.

### 차미안

왜요?

### 클레오파트라

나의 안토니가 없는 기나긴 시간을
잠으로 보내려고.

－「안토니와 클레오파트라」(1막 5장)

### 이아고

양귀비도, 만드라고라도,
이 세상 그 어떤 수면제도
어제까지 네가 누리던 달콤한 잠을
가져다주지 못하리라.

－「오셀로」(3막 3장)

### 줄리엣

산 사람은 듣기만 해도 미쳐버린다는
맨드레이크 비명처럼 울부짖는 소리가...

－「로미오와 줄리엣」(4막 3장)

### 폴스타프

맨드레이크 같은 녀석, 넌 내 발꿈치 쫓아다니며
시중들기보다 내 모자에 장식으로 달면 딱이다.

－「헨리 4세 제2부」(1막 2장)

### 폴스타프

...굶주림 그 자체나 원숭이처럼 음탕해서
매춘부들이 맨드레이크라고 불렀어.
늘 유행에 뒤처져서 마부들이 흥얼대는
가락을 듣고는 창녀들에게 그 노래 불러주며
자기가 지어낸 연가라고 허풍떨었지.

－「헨리 4세 제2부」(3막 2장)

### 서포크

저주가 맨드레이크의 비명처럼
사람을 죽일 수 있다면...

－「헨리 6세 제2부」(3막 2장)

# 메리골드(Marigold)/메리꽃(Mary-Bud)

### 페르디타

해와 함께 잠들었다
눈물 흘리며 깨어나는 메리골드. 이 꽃들이
한여름에 피어요.

－「겨울 이야기」(4막 4장)

### 마리나

자줏빛 제비꽃과 메리골드,
여름날 동안
당신 무덤 위에 카펫처럼 늘어놓아요.

－「페리클레스」(4막 1장)

### 클로튼 (노래)

깜빡이는 메리꽃
금빛 눈 열고...

－「심벨린」(2막 3장)

### 노래[소년]

무덤가에 피는 메리골드,

－「두 귀족 사촌 형제」(1막 1장)

어여쁜 잎사귀 펼치는 위대한 왕자의 총신들
찌푸린 눈살 한 번에 영광도 시드니
제 속에 자존심 묻었네.

－ 소네트 25

눈은 메리골드처럼 빛을 감추고
그 날을 꾸미려 열릴 때까지
어둠 속에 지붕처럼 우거져 얌전히 앉았다.

－「루크리스의 겁탈」

# 마조람(Marjoram)

## 페르디타

당신 위한 꽃이에요.
뜨거운 라벤더, 박하, 세이보리, 마조람.

　－「겨울 이야기」(4막 4장)

## 라바츠 / 광대

맞아요. 그분은 샐러드에 넣은 향긋한 한 떨기
마조람이나 은총의 허브 같았어요.

　－「끝이 좋으면 다 좋아」(4막 5장)


그대 손길이라 백합을 책망하고
마조람 봉오리는 그대 머리카락 훔쳤네.

　－ 소네트 99

## 리어

암호를 대라.

## 에드거

향긋한 마조람.

## 리어

통과.

　－「리어 왕」(4막 6장)

# 양모과(Medlar)

### 터치스톤

정말 못된 열매를 맺어요.

### 로살린드

너한테 접붙일 거야.
그리고 그걸 또 양모과와 접붙이면
아마 이 나라에서 가장 먼저 나는 과일이 될 거야.
넌 채 반도 익기 전에 썩을 테니까.
양모과란 그래야지.

－「뜻대로 하세요」 (4막 3장)

### 머큐시오

사랑에 눈멀었다면 표적을 못 맞추지.
양모과 나무 아래에 앉아
사랑하는 그녀가 저런 열매라면
얼마나 좋을까 하겠지.
아가씨들은 남몰래 웃음 지을 때에만
양모과 이야기를 하니까.
오, 로미오, 진정 그녀가, 오, 그녀가
활짝 벌어진 열매이고 너는 포퍼린 배라면!

－「로미오와 줄리엣」 (2막 1장)

### 아페만투스

자넬 위한 양모과야. 먹어.

### 타이먼

싫은 건 먹지 않는다.

### 아페만투스

양모과가 싫어?

### 타이먼

싫다. 너처럼 생기긴 했지만.

### 아페만투스

일찍이 양모과를 싫어했더라면
지금쯤 스스로를 더 사랑했을 텐데.

－「아테네의 타이먼」 (4막 3장)

### 루시오

안 그랬다면 나를 썩은 양모과와
결혼시켰을 테죠.

－「자에는 자로」 (4막 3장)

# 박하(Mint)

### 페르디타
당신을 위한 꽃이에요.
뜨거운 라벤더, 박하, 세이보리, 마조람.

–「겨울 이야기」(4막 4장)

### 아르만도
내가 그런 꽃이니.

### 듀메인
그 박하.

### 롱거빌
그 매발톱꽃.

–「사랑의 헛수고」(5막 2장)

# 겨우살이(Mistletoe)

### 타모라
여름이지만 나무가 황량하게 마르고
이끼와 해로운 겨우살이로 뒤덮였다.

–「타이터스 앤드로니커스」(2막 3장)

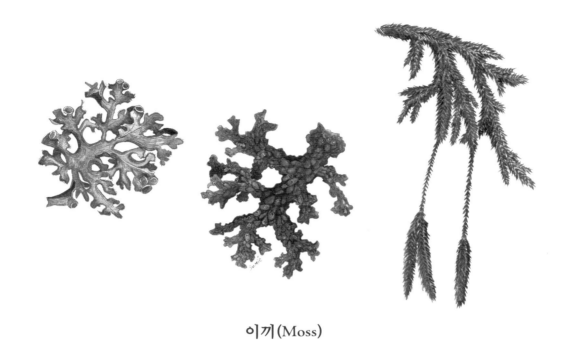

## 이끼(Moss)

### 아드리아나

무언가 당신을 내게서 앗아가려 한다면 그건
담쟁이, 찔레, 아니면 빈둥대는 이끼 같이
하찮은 것이어서...

－「실수연발」 (2막 2장)

### 타모라

여름이지만 나무가 황량하게 마르고
이끼와 해로운 겨우살이로 뒤덮였다.

－「타이터스 앤드로니커스」 (2막 3장)

### 아페만투스

독수리보다 더 오래 살아온
이끼 덮인 나무가...

－「아테네의 타이먼」 (4막 2장)

### 핫스퍼

뾰족탑과 이끼 덮인 탑...

－「헨리 4세 제I부」 (3막 I장)

### 올리버

가지에는 세월의 이끼 덮이고
높다란 꼭대기는 늙어 메마른 참나무 아래에...

－「뜻대로 하세요」 (4막 3장)

### 아르비라구스

...꽃이 없을 때는
네 몸을 겨울 이끼로 덮어주마.

－「심벨린」 (4막 2장)

# 오디(Mulberries, 뽕나무)

### 티타니아

살구와 듀베리를 대접하고,
붉은 포도와 푸른 무화과, 오디를 내어드려.

－「한여름 밤의 꿈」(3막 1장)


소년이 곁에 있으면 새들도 즐거워
어떤 새는 노래하고, 또 어떤 새는 부리로
오디와 빨갛게 익은 체리 물어와
소년은 그 모습으로, 새들은
열매로 서로를 먹였어.

－「비너스와 아도니스」

### 볼룸니아

네 거만한 마음이
손만 대면 떨어져버릴
농익은 오디처럼 겸손해졌다고...

－「코리올라누스」(3막 2장)


### 해설 / 퀸스

뽕나무 그늘에서 기다리던 시스비는...

－「한여름 밤의 꿈」(5막 1장)


### 구혼자

팔라몬은 갔네.
오디 따러 숲으로 갔네.

－「두 귀족 사촌 형제」(4막 1장)

# 버섯(Mushroom)/독버섯(Toadstool)

## 프로스페로

너희 작은 요정들,
달빛 아래 초록 풀에 암양이 먹지 않을
시큼한 요정 고리 그리고,
한밤에 버섯 만들기를
좋아하고...

　–「템페스트」(5막 1장)

## 요정

나는 요정 여왕님 위해
초록 풀밭에 방울방울 요정 고리 흩뿌려.

　–「한여름 밤의 꿈」(2막 1장)

## 아이아스

독버섯아, 포고문이나 일러라.

　–「트로일로스와 크레시다」(2막 1장)

## 퀴클리 부인

밤의 풀밭에 뛰노는 요정들아, 노래하라,
가터의 징표처럼 둥글게 둘러서라.
풀밭에 초록빛 흔적을 남겨라,
그 어떤 들판보다 비옥하고 싱그러워라.

　–「윈저의 즐거운 아낙네들」(5막 5장)

## 티타니아

휘파람 부는 바람에 맞춰
요정 고리 그리며 춤추려고...

　–「한여름 밤의 꿈」(2막 1장)

# 겨자(Mustard)

### 폴스타프

목매 죽으라고 해, 원숭이 새끼!
그 놈 머릿속이 튜크스베리 겨자처럼 뻑뻑해서
안 돌아가. 망치처럼 멍청해.

－「헨리 4세 제2부」(2막 4장)

### 그루미오

소고기와 겨자는 어떠세요?

### 캐서린

내가 가장 좋아하는 음식이지.

### 그루미오

저런, 겨자가 조금 지나치게
매워서 어쩌지요.

### 캐서린

그럼 소고기만. 겨자는 그냥 둬.

### 그루미오

아니요, 그렇게는 안돼요.
겨자도 드세요.
아니면 소고기도 안 드려요.

### 캐서린

그래, 둘이든, 하나든, 뭐든 네 맘대로 해.

### 그루미오

그럼 소고기는 빼고 겨자만 드릴게요.

－「말괄량이 길들이기」(4막 3장)

### 보텀

겨자씨 선생은 어디 있소?

### 겨자씨

여기요.

### 보텀

주먹을 이리 내주시오,
겨자씨 선생. 아니, 절은 안 해도 괜찮아요,
예의 바른 선생.

### 겨자씨

무엇을 원하세요?

### 보텀

별 건 아니요, 착한 선생. 그저 내 머리 긁어주는
거미줄 경을 도우면 된답니다.

－「한여름 밤의 꿈」(4막 1장)

### 로살린드

광대야, 그런 맹세는 어디서 배웠니?

### 터치스톤

팬케이크가 맛있다고 명예를 걸고 맹세하고,
겨자가 맛없다고 명예를 걸고 맹세한
어느 기사님에게서요.
저는 팬케이크가 맛없고
겨자가 맛있었다고 할 거예요.

하지만 그 기사님께서
헛된 맹세하지는 않았어요...
아니, 헛된 맹세는 아니지요.
그 기사님도 마찬가지예요.
명예를 걸고 맹세했지만
가진 명예가 조금도 없었어요.
있대도 그 팬케이크나 겨자를 보기도 전에
맹세로 다 날렸겠지요.

－「뜻대로 하세요」(1막 2장)

### 티타니아

완두꽃! 거미줄! 티끌! 겨자씨!...

### 보텀

오, 겨자씨 선생,
당신의 괴로움은 내가 잘 알아요.
그 비겁하고 거대한 소고기 덩이 탓에
당신 집안 여럿이 잡아먹혔지요.
방금 전에도 당신 친척들 생각에
눈물지었답니다. 우리 잘 지내봅시다,
선량한 겨자씨 선생.

－「한여름 밤의 꿈」(3막 1장)

## 머틀(Myrtle)

### 유프로니우스

얼마 전까지 그분께 저는
망망대해 위
머틀 잎사귀 위 한 방울 아침 이슬 같았습니다.

　　─「안토니와 클레오파트라」(3막 10장)


어린 아도니스 옆에 앉힌 여신 비너스는
머틀 그늘 아래서 소년을 유혹한다.

　　　─「열정의 순례자」

### 이사벨라

자비로우신 하느님,
당신의 그 날카롭고 유황 냄새 나는 번갯불로
연약한 머틀보다는
단단하고 옹이진 참나무를 내려치실 테죠.

　　─「자에는 자로」(2막 2장)


말을 마친 그녀는 머틀 숲으로 달려가.

　　　─「비너스와 아도니스」

# 쐐기풀(Nettles)

## 코델리아

현호색과 고랑풀,
우엉과 독미나리, 쐐기풀, 황새냉이...

–「리어 왕」(4막 4장)

## 거트루드

미나리아재비, 쐐기풀, 데이지,
난초를 엮어...

–「햄릿」(4막 7장)

## 안토니오

쐐기풀 씨앗 뿌릴 테지.

–「템페스트」(2막 1장)

## 새터니누스

딱총나무 옆 쐐기풀에서
자네 수고비를 찾아가게.

–「타이터스 앤드로니커스」(2막 3장)

## 리처드 2세

적에게는 쐐기풀 내어줘라.

–「리처드 2세」(3막 2장)

## 핫스퍼

위험이라는 쐐기풀에서
안전이라는 꽃을 따는 거라고.

–「헨리 4세 제1부」(2막 3장)

## 엘리

딸기는 쐐기풀 아래서 자라며...

–「헨리 5세」(1막 1장)

## 크레시다

나는 오월의 쐐기풀처럼
그의 눈물 속에 자라날래요.

–「트로일로스와 크레시다」(1막 2장)

## 레온테스

희고 순결한 내 침상을 더럽혀?
그를 지키면 편한 잠이고, 얼룩지면
막대, 가시, 쐐기풀, 벌침이지.

–「겨울 이야기」(1막 2장)

## 메네니우스

쐐기풀은 쐐기풀이며,
멍청이의 잘못은 멍청한 것뿐.

–「코리올라누스」(2막 1장)

## 팔라몬

당신의 멍에를
장미 화환처럼 지었으나
납보다 무겁고 쐐기보다 쓰라립니다.

—「두 귀족 사촌 형제」 (5막 1장)

## 이아고

쐐기풀을 심을지, 양배추 씨앗을 뿌릴지…

—「오셀로」 (1막 3장)

# 너트멕(Nutmeg)/메이스(Mace)

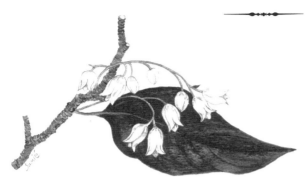

## 올리언스

빛깔이 너트멕 같소.

–「헨리 5세」(3막 7장)

## 목자 아들 / 광대

배 파이 물들일 사프란도 있어야 하고,
메이스, 대추야자? 아냐, 그건 안 쓰여 있어.
너트멕 일곱 개, 생강 한두 뿌리,
그건 그냥 얻어야지.
자두 네 파운드, 건포도는 많이.

–「겨울 이야기」(4막 3장)

## 아르만도

전능하신 무신 마스께서
헥토르에게 선사하신 것은,

## 듀메인

금박 씌운 너트멕.

–「사랑의 헛수고」(5막 2장)

# 참나무(Oak)

## 프로스페로

무서운 천둥에게
불을 주어 주피터JOVE의 번개로
그의 늠름한 참나무를 쪼겠다.

–「템페스트」(5막 1장)

## 워릭

제우스의 참나무보다
더 높이 솟았으며,
겨울 찬바람으로부터 낮은 수풀을 지켜주던...

–「헨리 6세 제3부」(5막 2장)

## 베네딕

푸른 잎 딱 하나 남은 참나무라도
말대꾸 안 하곤 못 배겼을 걸요.

　－「헛소동」(2막 1장)

## 이사벨라

단단하고 옹이진 참나무를 내려치실 테죠.

　－「자에는 자로」(2막 2장)

## 귀족 1

숲을 따라 요란스레 흐르는 냇물 위로
늙은 뿌리가 삐죽 나온 참나무 아래
누워 있었어요.

　－「뜻대로 하세요」(2막 1장)

## 올리버

가지에는 세월의 이끼 덮이고
높다란 꼭대기는 늙어 메마른 참나무 아래에...

　－「뜻대로 하세요」(4막 3장)

## 마르시우스

너희들의 환심을
얻고자 애쓰는 자는 납 지느러미 달고 헤엄치고
골풀을 가지고 참나무를 벤다.

　－「코리올라누스」(1막 1장)

## 펜턴

오늘 밤 열두 시와 한 시 사이
사냥꾼 참나무에서.

　－「윈저의 즐거운 아낙네들」(4막 6장)

## 로살린드

그런 열매를 떨군다면
주피터의 나무라고 불러도 되겠어.

　－「뜻대로 하세요」(3막 2장)

## 폴스타프

오늘 밤 자정에 사냥꾼 참나무로 나오면
놀라운 광경을 보게 될 거요.

　－「윈저의 즐거운 아낙네들」(5막 1장)

## 피터 퀸스

공작님의 참나무에서 만나.

　－「한여름 밤의 꿈」(1막 2장)

## 페이지 부인

모두들 사냥꾼 참나무 옆 구덩이에
웅크리고 있어...

## 포드 부인

시간이 됐다. 참나무로 가자, 참나무로!

　－「윈저의 즐거운 아낙네들」(5막 3장)

## 퀴클리 부인

한 시까지는
평소와 같이 참나무 주위를 돌며
춤추기를 잊지 마라.

－「윈저의 즐거운 아낙네들」(5막 5장)

## 타이먼

참나무에도 도토리가 맺히고, 찔레에도 새빨간
열매가 달린다.

－「아테네의 타이먼」(4막 3장)

## 네스토

불어대는 바람에
옹이진 참나무의 무릎이 휘고...

－「트로일로스와 크레시다」(I막 3장)

## 볼룸니아

참나무 관 쓰고 오기는 세 번째예요.

－「코리올라누스」(2막 I장)

## 타이먼

셀 수 없이 많은 이들
참나무 잎사귀인양 내게 붙어 있었으나,
겨울이 한 번 쓸고 가자 가지에서 우수수 떨어져
벌거벗은 나는 맨몸으로 폭풍우 맞네.

－「아테네의 타이먼」(4막 3장)·

## 이아고

그 어린 나이에도 천연덕스레 굴었기에
아버지의 두 눈이 참나무처럼 굳게 닫혀...

－「오셀로」(3막 3장)

## 프로스페로

자꾸 구시렁대면 참나무를 쪼개고
뒤틀린 옹이 속에 너를 가둬서...

－「템페스트」(I막 2장)

## 아르비라구스

그대에겐 갈대도 참나무다.

－「심벨린」(4막 2장)

## 리어 왕

참나무 쪼개는 벼락아...

－「리어 왕」(3막 2장)

## 나다니엘

자신과의 맹세는 어기더라도 그대에게는
충직하리. 내게는 참나무지만, 그대에겐
낭창낭창하게 흔들리는 고리버들이라.

－「사랑의 헛수고」(4막 2장)

## 볼룸니아

잔혹한 전쟁터에 내보냈더니 머리에
참나무 관 쓰고 돌아왔지.

－「코리올라누스」(1막 3장)

## 전령

작은 도끼라도 여러 번 내려치면
단단한 참나무를 쓰러드리듯...

－「헨리 6세 제3부」(2막 1장)

## 페이지 부인

이런 옛 이야기가 전해져요.
사냥꾼 헌이라고 하는
이곳 윈저 숲의 산지기가 있었는데요,
겨울이면 고요한 자정마다
거대한 뿔을 달고 참나무
주위를 뱅글뱅글 돈다고...

## 페이지

지금도 한밤에 사냥꾼 참나무 옆을 지나기를
겁내는 사람들이 적지 않은데...

## 포드 부인

폴스타프가 참나무에서 우리와 만나는 거죠.

－「윈저의 즐거운 아낙네들」(4막 4장)

## 몬타노

산처럼 거대한 파도가 내리치는데 견딜 수 있는
참나무 늑재가 어디 있겠소?

－「오셀로」(2막 1장)

## 코미니우스

전장에서 가장 뛰어난 인물임을 증명했고,
그 공으로 눈썹 위에 참나무 관을 썼소.

－「코리올라누스」(2막 2장)

## 보초병 2

훌륭한 인물은 우리 장군님이지.
흔들리지 않는 바위고 참나무야.

－「코리올라누스」(5막 2장)

## 볼룸니아

참나무나 쪼갤 번개로 유황만 다지고 말았어.

－「코리올라누스」(5막 3장)

## 카스카

울부짖는 바람이 옹이진 참나무
쪼개는 폭풍도 보았으며,

－「줄리어스 시저」(1막 3장)

## 전령

머리에 승자의 참나무 관을 쓰고...

－「두 귀족 사촌 형제」(4막 2장)

시간의 영광은...
참나무 수액을 말리고...

－「루크리스의 겁탈」

## 폴리나

참나무나 바위가 단단한 만큼이나

－「겨울 이야기」(2막 3장)

# 귀리(Oats)

## 아이리스

세레스, 풍요의 여신이여, 당신의 비옥한
밀, 호밀, 보리, 살갈퀴, 귀리, 완두콩 밭과...

– 「템페스트」(4막 1장)

## 봄의 노래

목동들이 귀리짚 피리 불면.

– 「사랑의 헛수고」(5막 2장)

## 보텀

여물이 간절히 먹고 싶어요.
아삭아삭 말린 귀리면 좋겠군요.

– 「한여름 밤의 꿈」(4막 1장)

## 그루미오

네, 준비 됐습니다.
귀리가 말을 배불리 먹었지요.

– 「말괄량이 길들이기」(3막 2장)

## 마차꾼 1

가엾은 자식, 귀리 값 오른 뒤로 웃는 얼굴을
못 봤지. 그리곤 죽었어.

– 「헨리 4세 제1부」(2막 1장)

## 지휘관

마차도 못 끌고, 말린 귀리도 못 먹으니
사람이 할 일이라면 하겠습니다.

– 「리어 왕」(5막 3장)

## 간수의 딸

짚 이백 단과
귀리 스무 가마쯤 된다지만
절대 받아주지 않아요.

– 「두 귀족 사촌 형제」(5막 2장)

# 올리브(Olive)

### 클라렌스

하늘이 그대 세상에 날 때부터
올리브 가지와...

–「헨리 6세 제3부」(4막 6장)

### 알키비아데스

나를 도시로 데려가시오.
내 칼과 올리브를 쓰겠소.

–「아테네의 타이먼」(5막 4장)

### 시저

번영의 날이 지나면 세 쪽으로 갈라진 세상에
올리브가 맺히리라.

–「안토니와 클레오파트라」(4막 6장)

### 로살린드

우리 집이 궁금하다면
이 근처 올리브 숲 속에 있어.

–「뜻대로 하세요」(3막 5장)

### 올리버

이 숲 근처에 올리브 울타리를
두른 양치기 오두막이 어디 있나요?

–「뜻대로 하세요」(4막 3장)

### 비올라

전쟁의 서곡이나 충성의 조공을
알리러 오지는 않았습니다.
제 손에 든 올리브처럼 제 말에는
그 내용과 마찬가지로 평화가 가득합니다.

–「십이야」(1막 5장)

### 웨스트모어랜드

구석구석 평화의 올리브 가지가 뻗어있습니다.

–「헨리 4세 제2부」(4막 4장)

평화는 올리브의 무한한 번영을 선포하리라

– 소네트 107

# 양파(Onion)

### 보텀

친애하는 배우들, 숨결이 향긋해야 하니
양파나 마늘은 먹지 마.

– 「한여름 밤의 꿈」(4막 2장)

### 라퓨

양파 냄새가 눈을 찌른 듯 눈물이 흐르겠다.
착한 톰, 내게 손수건을 다오.

– 「끝이 좋으면 다 좋아」(5막 3장)

### 에노바르부스

이 슬픔에 쏟을 눈물은
오직 양파 속에만 살아요.

– 「안토니와 클레오파트라」(1막 2장)

### 에노바르부스

봐요, 저들이 우는군.
그리고 나, 바보 또한 양파 눈이오.

– 「안토니와 클레오파트라」(4막 2장)

### 영주

필요할 때 언제고 눈물을 쏟아내는
여자의 재주가 없는 아이라면
급한 대로 양파가 쓸 만해.
손수건에 숨기고 있으면
억지 눈물을 짜낼 수 있지.

– 「말괄량이 길들이기」(서문 1장)

## 오렌지(Orange)

### 비어트리스

백작은 슬프지도, 아프지도, 즐겁지도,
건강하지도 않고, 그저 쓸쓸할 뿐이에요.
꼭 세비야 오렌지처럼 얼굴빛도 노랗지요.

－「헛소동」(2막 1장)

### 클라우디오

친구에게 썩은 오렌지를 주지 말아요.

－「헛소동」(4막 1장)

### 메네니우스

아침 내내 오렌지 파는 아낙과
포도주 장사꾼 사이에 벌어진 송사를 듣고...

－「코리올라누스」(2막 1장)

## 앵초(Oxlip)

### 페르디타

대담한 앵초와
패모.

–「겨울 이야기」 (4막 4장)

### 오베론

야생 백리향 가득 피어나고,
앵초와 한들대는 제비꽃이 자라는 곳을 알아...

–「한여름 밤의 꿈」 (2막 1장)

### 노래[소년]

요람에서 자라는 앵초.

–「두 귀족 사촌 형제」 (1막 1장)

# 종려나무(Palm)

### 로살린드

종려나무에서 내가 무얼 찾았는지 봐.

－「뜻대로 하세요」(3막 2장)

### 햄릿

두 나라 사이의 우애가 종려처럼 자라며...

－「햄릿」(5막 2장)

### 볼룸니아

용감하게 아내와 아이의 피를 흘렸으니
종려 가지 거머쥐겠지.

－「코리올라누스」(5막 3장)

### 카시우스

승리의 종려 가지 홀로 거머쥐다니.

－「줄리어스 시저」(1막 2장)

### 화가

우뚝 서서 번성하는 종려나무를
아테네에서 다시 보게 될 것이오.

－「아테네의 타이먼」(5막 1장)

### 환영

흰옷 입고 머리에는 월계관을 얹은 채
황금 가면을 쓴 여섯 사람이
월계수 가지나 종려 가지를 손에 들고
차례로 엄숙히 들어온다.

－「헨리 8세」(4막 2장)

# 팬지(Pansy)

*러브인아이들니스(Love-in-idleness, 「한여름 밤의 꿈」속 사랑의 묘약)

*큐피드의 꽃(Cupid's Flower)*

### 오펠리아

팬지가 있어요. 이건 생각을 뜻해요.

−「햄릿」(4막 5장)

### 루센시오

그런데 글쎄, 이렇게 넋 놓고 서 있다가
사랑의 묘약 효험을 보았지 뭐야.

−「말괄량이 길들이기」(I막 I장)

### 오베론

하지만 나는 큐피드의 화살이 떨어진 곳을
눈여겨 봐두었지.
서방의 작은 꽃 위에 내려앉았어.
우유처럼 새하얗던 꽃이 사랑의 상처에
금세 자줏빛이 됐더군.
아가씨들은 그 꽃을
'러브인아이들니스'라고 불러.
그 꽃을 내게 가져와. 네게도 보여준 적이 있어.
그 꽃즙을 잠자는 눈꺼풀에 바르면
누구나 눈을 떠 처음 보는 생물을
미치도록 사랑하게 되지.

−「한여름 밤의 꿈」(2막 I장)

### 오베론

다이애나의 꽃은 큐피드의 꽃을 물리칠 수 있는
축복받은 효능이 있으니.

−「한여름 밤의 꿈」(4막 I장)

# 파마세티(Parmaceti)

*냉이(Shepherd's Purse)*

———◆———

### 핫스퍼

그때 저는 그런 앵무새에게 시달리기에는
상처가 차게 식었기 때문에
고통과 조바심 속에 되는대로 아무렇게나
이렇다 또 저렇다 대답했습니다.
그가 그토록 눈부시고 향기로운 모습으로
대포와 북과 상처에 대해서
귀족 아가씨처럼 떠드는 걸 보니
화가 치밀었습니다. 하느님 살펴소서!
상처 치료에 으뜸은 파마세티라고,
그리고 또 아까운 목숨 앗아갈
화약을 만들기 위해 초석 캐느라
죄 없는 땅을 무참히 파헤치다니
정말이지 안타깝다고...

–「헨리 4세 제1부」(1막 3장)

# 파슬리(Parsley)

———◆———

### 비온델로

어느 오후, 토끼 고기 양념할
파슬리 뜯으러 텃밭에 나갔다가
결혼한 계집애를 알아.

–「말괄량이 길들이기」(4막 4장)

# 복숭아(Peach)

**폼페이**

그리고 여기 춤꾼 나리가 있는데,
복숭아 빛깔 공단 옷 네 벌 때문에
옷감 장수 비단 세 필 나리한테
거지라며 고발을 당했어.

－「자에는 자로」(4막 3장)

**헨리 왕자**

네 놈이 지금 신은 것과
그 복숭아 색 양말까지 해서
비단 양말 몇 켤레 있는지까지 알다니!

－「헨리 4세 제2부」(2막 2장)

## 배(Pear)

*요리용 배(Warden)*

### 폴스타프

말라빠진 배처럼 쪼글쪼글해지도록
간사한 재주를 부려 나를 두들겨 팰 게 분명해.

– 「윈저의 즐거운 아낙네들」 (4막 5장)

### 파롤레스

처녀성이란, 그 낡아빠진 처녀성이란
시든 프랑스배 같아. 보기에도 흉하고,
말라비틀어져 먹을 수도 없지.
시들어버린 배예요. 좋았던 때도 있었겠지만
이제는 시들어버린 배란 말이오.

– 「끝이 좋으면 다 좋아」 (1막 1장)

### 목자 아들 / 광대

배 파이 물들일 사프란도 있어야 하고...

– 「겨울 이야기」 (4막 3장)

### 머큐시오

오, 로미오, 진정 그녀가,
오, 그녀가 활짝 벌어진 열매이고
너는 포퍼린Poperin 배라면.

– 「로미오와 줄리엣」 (2막 1장)

# 완두콩(Peas)

*완두꼬투리(Peascod)*완두꽃(Peaseblossom)*풋콩(Squash)*

## 아이리스

세레스, 풍요의 여신이여, 당신의 비옥한
밀, 호밀, 보리, 살갈퀴, 귀리, 완두콩 밭과...

－「템페스트」(4막 I장)

## 마차꾼 2

이 집 완두와 콩이 개처럼 축축해서...

－「헨리 4세 제I부」(2막 I장)

## 바이런

이 사람은 비둘기가 완두콩 쪼듯
재치 있는 말을 주워 담네요.

－「사랑의 헛수고」(5막 2장)

## 보텀

차라리 마른 완두콩 한 움큼 먹겠소.

－「한여름 밤의 꿈」(4막 I장)

## 광대

그건 빈 완두꼬투리야.

－「리어 왕」(I막 4장)

## 터치스톤

그녀 대신 완두꼬투리 유혹했던 기억이 나요.

－「뜻대로 하세요」(2막 4장)

## 말볼리오

남자라 하기에는 앳되고
소년이라 하기에는 의젓합니다.
꼬투리 다 채우지 못한 풋콩이라고 할까,
아니면 빨간 사과되기 직전의 풋사과라고 할까.

－「십이야」(I막 5장)

## 퀴클리 부인

완두꼬투리 여물 때면
당신을 안 지 스물아홉 해 돼요.

－「헨리 4세 제2부」(2막 4장)

## 레온테스

그때 내가 이 알맹이,
이 콩알, 이 신사와 똑같았소.

－「겨울 이야기」(I막 2장)

## 보텀

부디 선생의 모친 콩깍지 여사님과
부친 완두꼬투리 선생님께도
안부 전해주세요.

－「한여름 밤의 꿈」(3막 I장)

# 후추(Pepper)

('peppered'라는 말은 '당하다'는 의미)

### 핫스퍼

그런 후추 생강과자 같은 불평은...

－「헨리 4세 제I부」(3막 I장)

### 헨리 왕자

하느님,
네가 그 중 몇쯤 죽이지 않았기를.

### 폴스타프

저런, 기도하긴 이미 늦었어.
두 놈을 해치워버렸거든(peppered).

－「헨리 4세 제I부」(2막 4장)

### 폴스타프

누더기 부대 끌고 가서 전부 당했어(peppered).

－「헨리 4세 제I부」(5막 3장)

### 머큐시오

난 당했어(peppered). 이번 생은 끝이야.

－「로미오와 줄리엣」(3막 I장)

### 폴스타프

교회당 안이 어떻게 생겼는지 아직 기억한다면
내가 말린 후추고 술집의 말이다.

－「헨리 4세 제I부」(3막 3장)

### 포드

내게서 못 도망쳐. 절대로 도망 못 가.
동전 지갑에도, 후추 통에도 숨을 수 없어.

－「윈저의 즐거운 아낙네들」(3막 5장)

### 앤드류 애규치크 경

여기 도전장이야. 읽어봐. 식초와 후추가 가득해.

－「십이야」(3막 4장)

## 피그넛(Pig-Nut)

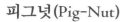

### 캘리번

능금이 자라는 곳으로 안내하게 해주세요.
그리고 긴 손톱으로 피그넛을 파드릴게요.

　　　　－「템페스트」(2막 2장)

## 소나무(Pine)

### 프로스페로

그녀는 참을 수 없는 분노 속에
힘 센 부하들의 도움을 받아
갈라진 소나무 틈새에
너를 가두었다.

　　　　－「템페스트」(1막 2장)

### 프로스페로

내가 이곳에 와 네 소릴 들었을 때
소나무를 열어 너를 꺼내서 구해준 것은
다름 아닌 내 마술이었다.

　　　　－「템페스트」(1막 2장)

## 서포크

우뚝 선 소나무가 시들어
가지가 맥없이 떨어지니.

－「헨리 6세 제2부」(2막 3장)

## 프로스페로

벼랑을 흔들어
소나무와 삼나무를 뽑았다.

－「템페스트」(5막 I장)

## 아가멤논

흐르는 수액에 옹이가 생겨
건강한 소나무를 병들게 하고, 그 결을 흩뜨려
정도를 벗어나 뒤틀리게 하듯...

－「트로일로스와 크레시다」(I막 3장)

## 안토니

저 소나무 가까이에 서면 더 잘 보이리라.

－「안토니와 클레오파트라」(4막 I2장)

## 안토니

그들 위로 높이 솟았던
소나무는 껍질이 벗겨졌다.

－「안토니와 클레오파트라」(4막 I2장)

## 벨라리우스

산 속 소나무 꼭대기 휘어잡아
골짜기를 향해 머리를 숙이게 하는
거친 바람처럼...

－「심벨린」(4막 2장)

## 신하 1

소나무 숲 뒤에서 그들을 만났는데...

－「겨울 이야기」(2막 I장)

## 리처드 2세

하지만 땅 밑에서 솟아난 태양이
동쪽 소나무 꼭대기를 훤히 비추고...

－「리처드 2세」(3막 2장)

## 안토니오

산 속 소나무더러 모진 바람에 시달리면서도
그 머리를 숙이지 말고 소리조차
내지 말라 명령하는 편이 낫지.

－「베니스의 상인」(4막 I장)

아아! 우뚝 선 소나무도 껍질이 벗겨지면
잎이 시들고 수액이 마르듯
껍질 벗겨진 내 영혼도 시들고 마르게 될지니.

－「루크리스의 겁탈」

## 버즘나무(Plane Tree)

---

### 간수의 딸

개울 바로 옆에
다른 나무들보다 키가 크고, 버즘나무처럼 넓게 뻗은
삼나무에 가있으라고 했어.

– 「두 귀족 사촌 형제」 (2막 6장)

# 질경이(Plantain)

### 코스터드

오, 그저 질경이, 질경이만!
결구, 결구는 싫어요. 연고도 싫어요.
그저 질경이만.

–「사랑의 헛수고」(3막 1장)

### 모스

코스터드가 정강이가 깼다는 말에서요.
그래서 주인님께서 결구를 내보라 하셨죠.

### 코스터드

맞아요. 저는 질경이를 달랬고.

–「사랑의 헛수고」
(3막 1장)

### 로미오

질경이 잎이 으뜸이야.

### 벤볼리오

뭐에 으뜸인데?

### 로미오

부러진 네 정강이에 말이야.

–「로미오와 줄리엣」(1막 2장)

### 팔라몬

이런 시시한 상처엔
질경이도 필요 없어.

–「두 귀족 사촌 형제」
(1막 2장)

## 자두(Plum)

*인스티티아 자두(Damsons)*말린 자두(Prunes)*

### 폴스타프

네게는 이제 찐 자두만큼 믿음이 없고.

– 「헨리 4세 제1부」 (3막 3장)

### 목자 아들 / 광대

자두 네 파운드, 건포도는 많이.

– 「겨울 이야기」 (4막 3장)

### 햄릿

능글맞은 녀석이 말하기를
늙은이는 수염이 하얗고, 얼굴은 주름지고,
두 눈에선 끈끈한 송진과
자두나무 수지가 흐른대.

– 「햄릿」 (2막 2장)

### 교사

너희에게 기초를 가르치려고
긴 세월을 수고하고, 젖을 먹였는데,
비유하자면 내 머리의 자두 같은 진액과
골수까지 내주었는데,

– 「두 귀족 사촌 형제」 (3막 5장)

### 휴 에반스 경

네 결혼식에서 춤을 추고 자두를 먹을 테야.

　　　　-「윈저의 즐거운 아낙네들」(5막 5장)

---

### 심콕스

나무에서 떨어졌어요.

### 아내

자두나무였죠.

　　　　-「헨리 6세 제2부」(2막 I장)

---

익은 자두는 떨어져도 푸른 것은
나무에 붙어 있고 억지로 따면 떫어요.

　　　　-「비너스와 아도니스」

### 슬렌더

찐 자두 한 접시를 걸고
세 번 찌르는 내기를 했는데...

　　　　-「윈저의 즐거운 아낙네들」(I막 I장)

### 돌 티어싯

목매달아 죽여, 악당. 곰팡이 핀 찐 자두에
말라빠진 케익을 겨우 먹고 사는 게.

　　　　-「헨리 4세 제2부」(2막 4장)

### 콘스탄스

자두, 체리, 무화과를 주실 거야.

　　　　-「존 왕」(2막 I장)

### 폼페이

상스런 소리 같겠지만, 찐 자두가 먹고 싶다고...

　　　　-「자에는 자로」(2막 I장)

### 시골 사람 2

매달아라, 그 자두 죽 같은 놈!
씨름을 해? 달걀을 굽겠다!

　　　　-「두 귀족 사촌 형제」(2막 3장)

---

### 글로스터

모험을 할 만큼 자두를 좋아했군.

### 심콕스

아아, 제 아내가
인스티티아 자두를 따오라고 해서
제가 목숨 걸고 나무에 올랐지요.

　　　　-「헨리 6세 제2부」(2막 I장)

---

### 폼페이

말씀드렸듯이, 자두가 먹고 싶다고...

　　　　-「자에는 자로」(2막 I장)

### 폼페이

기억할지 모르지만, 그래서 당신이 아까 말한
자두 씨를 깨트리는데...

　　　　-「자에는 자로」(2막 I장)

# 석류(Pomegranate)

### 라퓨

너는 이탈리아에서 석류 씨를 훔치다
두드려 맞은 놈이지.

－「끝이 좋으면 다 좋아」 (2막 3장)

### 줄리엣

겁에 질린 네 귓속에 파고든 건
종달새가 아니라
나이팅게일nightingale 울음이었어.
밤마다 석류나무에 앉아 노래해.

－「로미오와 줄리엣」 (3막 5장)

### 프란시스

네, 네, 갑니다! 석류 방 좀 들여다봐, 랄프.

－「헨리 4세 제 I 부」 (2막 4장)

## 양귀비(Poppy)

### 이아고

양귀비도, 만드라고라도,
이 세상 그 어떤 수면제도
어제까지 네가 누리던 달콤한 잠을
가져다주지 못하리라.

– 「오셀로」 (3막 3장)

## 감자(Potato)

### 폴스타프

하늘에서 감자가 비처럼 쏟아지고,
푸른소매 가락에 맞춰 천둥이 치며,
달콤한 사탕이 우박처럼 쏟아지며,
에링고가 눈과 같이 내리게 하라.

– 「윈저의 즐거운 아낙네들」 (5막 5장)

### 테르시테스

향락이라는 악마가 그 살찐 엉덩이와
감자 손가락으로 간지럽히는구나.

– 「트로일로스와 크레시다」 (5막 2장)

# 큰앵초(Primrose)

## 왕비

제비꽃, 앵초, 큰앵초는
내 방으로 가져가라.

-「심벨린」(1막 5장)

## 마가렛 왕비

공작을 되살릴 수만 있다면
울음에 눈멀고, 신음에 병들며,
피 말리는 한숨에 큰앵초처럼
창백해져도 좋아요.

-「헨리 6세 제2부」(3막 2장)

## 아르비라구스

그대 얼굴 닮은 엷은 큰앵초나,
그대 핏줄 같은 푸른 헤어벨...

-「심벨린」(4막 2장)

## 허미아

너와 내가 수줍은 빛깔의 큰앵초 꽃밭에 누워
서로에게 마음속 비밀을 털어놓곤 했던
그 숲 말이야.

-「한여름 밤의 꿈」(1막 1장)

## 페르디타

태양의 신이 가장 눈부실 때를 보기도 전에
처녀로 죽고 마는 엷은 큰앵초.

-「겨울 이야기」(4막 4장)

## 오펠리아

한껏 바람이 들어 날뛰는 난봉꾼처럼
방탕한 큰앵초 꽃길 따라 걸으면서
자신의 충고조차 듣지 않아.

-「햄릿」(1막 3장)

## 문지기

큰앵초 꽃길 지나 영원히 타오르는 불 속으로
모든 직종의 인간들을 들여보낼 생각이었는데.

-「맥베스」(2막 3장)

## 노래[소년]

봄님의 첫딸 큰앵초
즐거운 봄의 전령...

-「두 귀족 사촌 형제」(1막 1장)

내가 누운 언덕의 큰앵초를 봐.

-「비너스와 아도니스」

# 퀸스(Quince)

❧

## 유모

부엌에 대추야자와
퀸스가 더 필요하대요.

– 「로미오와 줄리엣」 (4막 4장)

# 빨간무(Radish)

❧

## 폴스타프

클레멘트 여관에서 본 기억이 나. 저녁 먹고 남은
치즈 부스러기를 뭉쳐 만든 꼴이었어.
발가벗으면 영락없이 머리만 교묘히 깎아둔
빨간무 같았지.

– 「헨리 4세 제2부」 (3막 2장)

## 폴스타프

그들 중 오십 명과 싸우지 않았다면,
내가 한 단 빨간무다,

– 「헨리 4세 제1부」 (2막 4장)

# 갈대(Reed)

### 하인 2

들지도 못할 창보다는 연약한 갈대를 택하겠어.

─「안토니와 클레오파트라」(2막 7장)

### 에리얼

갈대 처마에서 겨울 고드름 녹듯이
수염을 타고 눈물이 흘러내려요.

─「템페스트」(5막 1장)

### 에리얼

쭈뼛 선 머리칼이 꼭 머리카락이 아니라
갈대 같았습니다.

─「템페스트」(1막 2장)

### 핫스퍼

빠른 세번Severn 강물은
그 피투성이 꼴을 보고 겁에 질려
떠는 갈대 틈으로 달아나며...

─「헨리 4세 제1부」(1막 3장)

### 구혼자

갈대와 골풀 우거진 저 너머에서...
목소리가 들렸는데...
골풀과 갈대에 온통 가려져
소리 내는 게 누구인지 보이지 않았어요.

─「두 귀족 사촌 형제」(4막 1장)

### 포샤

남자와 소년의 사이에 놓인 듯
갈대 피리 목소리 내고...

─「베니스의 상인」(3막 4장)

### 아르비라구스

위인의 찌푸린 얼굴도 두려워 말라.
그대에겐 폭군의 손길도 닿지 못한다.
입고 먹을 걱정도 마라.
그대에겐 갈대도 참나무다.

─「심벨린」(4막 2장)

갈대 무성한 시모에이스의 강가에
붉은 피 흐르고,

─「루크리스의 겁탈」

## 대황(Rhubarb)

———◆———

### 맥베스

무슨 대황, 무슨 꽃차례, 무슨 약이
잉글랜드 놈들을 몰아낼까?

－「맥베스」(5막 3장)

## 쌀(Rice)

———◆———

### 목자 아들 / 광대

어디보자, 양털 깎기 축제에 뭘 사가야 하지?
설탕 삼 파운드, 커런드 오 파운드, 쌀,
누이가 쌀 가지고 뭐하려나?

－「겨울 이야기」(4막 3장)

152

# 장미(Rose)

## 다이애나

찌를 가시조차 남지 않은
우리 장미를 손에 넣고는
헐벗었다고 우리를 놀려요.

– 「끝이 좋으면 다 좋아」 (4막 2장)

## 핫스퍼

향기롭고 어여쁜 장미 리처드Richard 치우고
가시 돋고 사악한 볼링브룩Bolingbroke 심으려...

– 「헨리 4세 제1부」 (1막 3장)


장미에는 가시, 은빛 샘에는 진흙,
어여쁜 꽃망울엔 징그러운 벌레가 있으니.

– 소네트 35


장미가 어여쁜건 사실이지만
더 아름다워 보이는 건
그 속에 달콤한 향기를 품었기 때문이라.
들꽃도 향기로운 장미 빛깔처럼
진한 색으로 그 꽃잎 물들이고,
가시도 달렸으며,
여름 숨결 불어오면
숨겨두었던 봉오리 드러내 즐거이 한들대나,
그 미덕은 오직 겉모습에만 있을 뿐
사랑도 존경도 받지 못한 채 시들어
홀로 죽어가지만 향기로운 장미는 그렇지 않아.
아름다운 죽음으로 아름다운 향기가 피어난다.

– 소네트 54

## 노래[에반스]

그곳에서 우린 장미꽃 침대를 만들고
천 가지 향기로운 꽃다발을 엮으리.

– 「윈저의 즐거운 아낙네들」 (3막 1장)

## 올리비아

세자리오, 봄의 장미와
처녀의 순결, 명예와 진심, 모든 걸 걸고
당신을 사랑해요.

– 「십이야」 (3막 1장)

## 티타니아

계절이 뒤바뀌어 흰머리가 서리처럼 내리고
갓 피어난 진홍색 장미 무릎에 기대어 눕는다.

-「한여름 밤의 꿈」(2막 I장)

## 플룻 (시스비 역)

웅장한 찔레 숲에 새빨간 장미 빛깔.

-「한여름 밤의 꿈」(3막 I장)

## 퀴클리 부인

네 얼굴색이 정말 장미처럼 발그레해.

-「헨리 4세 제2부」(2막 4장)

## 타이렐

그들의 입술은 한 줄기에서 피어나
여름의 아름다움 뽐내며
서로 입 맞추는 빨간 장미 네 송이 같아.

-「리처드 3세」(4막 3장)

비둘기와 장미보다 희고 붉구나.

-「비너스와 아도니스」

백합 흰빛에도 감탄할 수 없었고,
장미 붉은빛도 찬미하지 않았노라.

- 소네트 98

겁에 질려 달아오른 얼굴,
처음에는 흰 천 위의 장미처럼 붉어지고,
장미가 꺾여나간 자리에는 흰 천만 남았다.

-「루크리스의 겁탈」

진짜 장미를 두고 어째서 장미 그림자의
열등한 아름다움을 쫓으려 하는가?

- 소네트 67

## 브루투스

...베일 쓰는 부인들도
악랄한 태양신의 뜨거운 입맞춤으로부터
소중히 지켜온 두 뺨을 전장 삼아
희고 붉은 싸움을 벌이오.

-「코리올라누스」(2막 I장)

아름다운 장미가 영원토록 죽지 않기를 바라나니.

- 소네트 I

## 아우톨리쿠스

다마스크Damask 장미처럼 예쁜 장갑...

－「겨울 이야기」(4막 3장)

## 구혼자

한 무리 데려올 거야,
나처럼 사랑하는 검은 눈 아가씨 백 명
머리에는 수선화 화관 쓰고,
체리 입술에 장미 뺨을 가진...

－「두 귀족 사촌 형제」(4막 1장)

## 보이엣

여름날 어여쁜 장미처럼 피세요.

## 공주

피어? 어떻게 피어? 알아듣게 말해.

## 보이엣

마스크 쓴 어여쁜 아가씨들은
봉오리 채 피지 못한 장미예요.
마스크를 벗으면 다마스크 장미처럼
어여쁜 모습이 드러나요.
구름 사이 드러나는 천사나, 피어나는 장미처럼.

－「사랑의 헛수고」(5막 2장)

## 피비

뺨에 섞인 색보다
좀 더 농익고 활기찬 붉은색이었어.
새빨간 장미와 다마스크 장미만큼의 차이였어.

－「뜻대로 하세요」(3막 5장)

희고 붉은 다마스크 장미 보았지만,
그녀 두 뺨에선 그런 장미 보이지 않고,

－ 소네트 130

이 넓은 세상 그 무엇도 내 장미, 그대 없이는
아무 의미 없으니, 그대는 내 전부라.

－ 소네트 109

살았을 때 숨결과 어여쁨으로
장미엔 빛깔, 제비꽃엔 향기 주었는데.

－「비너스와 아도니스」

## 가워

그 작품은 자연의 장미와 자매연을 맺고...

－「페리클레스」(5막 코러스)

### 영주

한 사람이 장미수 가득 채워
꽃잎 띄운 은쟁반 올려드려라.

－「말괄량이 길들이기」(서문 I장)

### 페트루치오

새 이슬 맞은 아침 장미처럼
싱그럽다 할 테야.

－「말괄량이 길들이기」(2막 I장)

### 로렌스 수사

네 입술과 두 뺨의 장미는
파리한 잿빛으로 시들 거야.

－「로미오와 줄리엣」(4막 I장)

### 로미오

노끈 조각과 오래된 장미꽃잎 뭉치가
여기저기 널려 있었지.

－「로미오와 줄리엣」(5막 I장)

### 요크

그때 내가 우윳빛 흰 장미를 높이 들지니
그 향기가 바람에 진동할지어다.

－「헨리 6세 제2부」(I막 I장)

### 이사벨 왕비

조용. 보기만 해. 아니, 보지 마.
어여쁜 내 장미가 시들어.

－「리처드 2세」(5막 I장)

### 오펠리아

빼어난 국가의 기대이자 장미여.

－「햄릿」(3막 I장)

장미에는 가시가 있지 않은가? 하지만 꺾인다.

－「비너스와 아도니스」

### 줄리엣

이름에 무엇이 담겼어?
우리가 장미라 부르는 꽃은 다른 그 어떤
이름으로 불러도 똑같이 향기로울 텐데.

－「로미오와 줄리엣」(2막 2장)

### 클레오파트라

봉오리일 땐 무릎 꿇어 향기를 맡더니
시든 장미 앞에선 코를 막는구나.

– 「안토니와 클레오파트라」 (3막 13장)

### 볼트

살과 피는 하얗고 붉으니 장미로 보이실 겁니다.
그리고 그 애는 정말 장미 같기는 하지요!

– 「페리클레스」 (4막 6장)

### 햄릿

그런 행위는
겸손의 미덕과 어여쁨을 더럽히고,
고결한 이를 위선자라 이르며, 순결한 사랑의
예쁜 이마에서 장미를 벗겨내고,
그 자리에 종기가 돋게 하는 거요.

– 「햄릿」 (3막 4장)

### 오셀로

장밋빛 입술을 한 어린 천사여...

– 「오셀로」 (4막 2장)

### 타이먼

장밋빛 뺨을 가진 젊은이들...

– 「아테네의 타이먼」 (4막 3장)

### 오셀로

꺾은 장미는 다시 살려 자라게 할 수 없고
시들기만 할 뿐이니 줄기에 달린 채 향기만 맡겠다.

– 「오셀로」 (5막 2장)

겁에 질려 가시 세운 장미들.
부끄러워 붉은 장미, 낙담하여 흰 장미,
또 둘에게서 빛깔을 훔쳐 붉고 흰 장미는
그대 숨결까지 훔쳤노라.

– 소네트 99

흰빛이 갑자기
피어난 장미 위로 흰 천 드리운 듯,
그녀 두 뺨을 점령한다.

– 「비너스와 아도니스」

### 햄릿

높은 구두에 프로방스 장미
두 송이만 달아주면...

– 「햄릿」 (3막 2장)

## 오르시노

여자란 장미 같아서 어여쁜 꽃송이 꺾어
꽃병에 꽂은 순간부터 시들어가기 마련이지.

— 「십이야」 (2막 4장)

## 돈 존

형님 정원의 장미가 되느니
차라리 울타리의 잡초가 되겠어.

— 「헛소동」 (4막 3장)

## 테세우스

독신의 축복은 자라고, 살다가, 죽음 맞아
시들어 사라지는 가시나무지만
속세의 행복은 정제되어 향기를 남기는 장미다.

— 「한여름 밤의 꿈」 (I막 I장)


백합과 장미가 벌이는 침묵의 전쟁.

— 「루크리스의 겁탈」

## 티타니아

너희들 몇은 사향 장미Musk-Rose
봉오리 속 벌레를 잡아.

— 「한여름 밤의 꿈」 (2막 3장)

## 오베론

향기로운 사향 장미와 들장미,
울창한 인동덩굴이 하늘을 뒤덮은 곳이야.

— 「한여름 밤의 꿈」 (2막 I장)

## 티타니아

윤기 나는 머리에 사향 장미를 꽂고...

— 「한여름 밤의 꿈」 (4막 I장)

## 줄리아

바람이 그녀 두 뺨에 피었던
장미를 말려 죽이고...

— 「두 귀족 사촌 형제」 (4막 4장)

## 콘스탄스

백합과 반쯤 피어난 장미에게
자연의 선물을 자랑할 수도 있겠지만...

— 「존 왕」 (3막 I장)


향기로운 장미를 갉아먹는 벌레처럼
피어나는 이름의 아름다움을 더럽히나요?

— 소네트 95

158

## 바이런

싱그러운 오월의 환희에 눈이 내리길 바라지 않듯,
크리스마스에는 장미를 원치 않고,
뭐든 철에 맞는 게 좋아요.

– 「사랑의 헛수고」 (1막 1장)

## 서자

제 얼굴이 너무 야위어
귀에 장미 한 송이도 꽂지 못할...

– 「존 왕」 (1막 1장)

## 터치스톤

달콤한 장미를 찾는다면
사랑의 가시와 로살린드를 찾겠죠.

– 「뜻대로 하세요」 (3막 2장)

## 라이샌더

무슨 일이지, 내 사랑!
어째서 두 뺨이 그리 파리해?
어떤 장미기에 그리도 빠르게
색이 바랜단 말인가?

– 「한여름 밤의 꿈」 (1막 1장)

## 페르디난드 왕

장미꽃에 맺힌 신선한 아침 이슬
너무나 어여뻐 황금빛 해도 입 맞추지 않네.

– 「사랑의 헛수고」 (4막 3장)

## 안토니

그가 젊음의 장미를 지녔다고 전하거라.

– 「안토니와 클레오파트라」 (3막 13장)

## 라에르테스

오월의 장미여,
사랑스런 아가씨, 정다운 누이, 상냥한 오펠리아!

– 「햄릿」 (4막 5장)

## 노래[소년]

날카로운 가시 없앤 장미는
향기뿐만 아니라
빛깔도 여왕다워.

– 「두 귀족 사촌 형제」 (1막 1장)

타오르는 장미에 맑은 수정으로 유약 입혀
에워싼 물 밖으로 그 붉은빛이 뚫고 나왔어요.

– 「연인의 탄식」

159

### 헨리 6세

내가 이 애매모호한 다툼을 심판하겠소.
내가 이 장미를 단다고 해서
[붉은 장미를 집는다]
여기 그 누구도 의심하지는...

– 「헨리 4세 제I부」 (4막 I장)

### 리처드 플랜태저닛

이 하얀 장미가 헨리의 심장에서
흘러나온 미지근한 피로 물들 때까지는
마음을 놓을 수 없습니다.

– 「헨리 6세 제3부」 (I막 2장)


자라는 장미가 어떤 가시로
막을지도 잘 안다.

– 「루크리스의 겁탈」

### 헨리 6세

그 얼굴에서 붉은 장미와 흰 장미가 보인다.
다투는 가문들의 불길한 색이다.
하나는 그의 검붉은 피를 닮았고,
또 하나는 그 파리한 뺨을 나타낸다.
한 장미는 시들고, 다른 장미는 번영할지니,
너희가 다투면 수천의 목숨이 시든다.

– 「헨리 6세 제3부」 (2막 5장)

### 클라렌스

워릭의 아버지여, 이게 무슨 뜻인지 아시오?
[모자에서 붉은 장미를 떼어 낸다]
이것 보시오. 내 수치를 당신에게 던지오.

– 「헨리 6세 제3부」 (5막 I장)

❧

### 에밀리아

온갖 꽃 가운데
장미가 으뜸일 거야.

### 여인

어째서요?

### 에밀리아

순결한 아가씨의 모습 그대로니까.

– 「두 귀족 사촌 형제」 (2막 2장)

❧

분노에 백합처럼 하얘지고
수치심에 빨간 장미처럼 피어오르니.

– 「루크리스의 겁탈」

### 리처드 플랜태저닛

나와 함께 찔레 덩굴에서 흰 장미를 땁시다.

### 소머셋

나와 함께 이 가시덤불에서 붉은 장미를 땁시다.

### 워릭

나는 플랜태저닛과 흰 장미를 따오.

### 서포크

나는 젊은 소머셋과 붉은 장미를 따오.

### 버논

나무에서 장미를 가장 적게 딴 쪽이...

### 버논

이 엷은 처녀 송이를 따
흰 장미 편에 승리의 판결을 내리겠습니다.

### 소머셋

꽃을 따다 가시에 찔리지 마시오.
피를 흘리면 흰 장미가 붉게 물드니...

### 법률가

그에 대한 표시로 나 또한 흰 장미를 따오.

### 소머셋

내 칼집에 들었지. 네 흰 장미를
핏빛으로 물들일까 생각 중이다.

### 플랜태저닛

그 사이 네 뺨은 우리 장미를 닮아
겁에 질려 하얗게 변했구나.

### 소머셋

겁이 아니라 분노다. 네 뺨이
우리 장미를 닮아 수치심에 빨갛게 달아올랐구나.

### 플랜태저닛

네 장미는 벌레가 먹지 않았는가, 소머셋?

### 소머셋

네 장미에는 가시가 달리지 않았나, 플랜태저닛?

### 소머셋

피흘리는 내 장미 가슴에 달 친구를 찾겠다.

### 플랜태저닛

내 영혼을 걸고 맹세하나니, 이 성난 흰 장미를
피 마시는 내 증오의 징표로 삼아...

### 워릭

당신 편에 서서 흰 장미를 달겠소.
내가 예언컨데, 템플 정원에서 벌어져
파벌을 나눈 오늘의 이 싸움이
붉은 장미와 흰 장미 사이에서
수천 명의 영혼을
죽음과 어둠으로 몰아넣을 거요.

－「헨리 2세 제1부」(2막 4장)

### 리치몬드

그리고 맹세한 대로
흰 장미와 붉은 장미를 하나로 모으겠소.
그 둘 사이의 증오에
긴 세월 눈살 찌푸렸던 하늘이여,
아름다운 화합에 미소 지으소서!
이 말을 듣고도 아멘 외치지 않을
반역자가 누구요?

－「리처드 3세」(5막 5장)

# 로즈메리(Rosemary)

## 에드거

목소리 높여 고함치는
미치광이 거지가
굳어진 그 비루한 팔에
바늘과 나무못과
로즈메리 가지를 꽂았다.

–「리어 왕」(2막 3장)

## 유모

로즈메리와 로미오는
같은 글자로 시작하잖아요?

## 로미오

맞아요, 유모. 그게 뭐요?
둘 다 'R'로 시작하지.

## 유모

아아, 장난도 참! 그건 개 이름이고요.
'R'은, 아니, 다른 글자로 시작했는데.
아가씨가 당신과 로즈메리를 두고 얼마나
예쁜 말을 했게요. 당신도 들으면 좋아할 거에요.

–「로미오와 줄리엣」(2막 4장)

## 오펠리아

로즈메리예요. 기억을 뜻하죠.
그대여, 꼭 기억해요.

–「햄릿」(4막 5장)

## 페르디타

두 분께는 로즈메리와 루를 드릴게요.
겨울 내내 모양과 향 잃지 않아요.
은혜와 추억이 깃들기를.

–「겨울 이야기」(4막 4장)

## 포주

계집아, 이리와. 로즈메리와 월계수 잎을 넣어
요리한 내 정절 한 접시.

–「페리클레스」(4막 6장)

## 로렌스 수사

울음을 멈추고 아름다운 이 시신에
로즈메리를 꽂으시오.

–「로미오와 줄리엣」(4막 5장)

# 루(Rue)

*은총의 허브(Herb of Grace)*

---

### 페르디타

두 분께는 로즈메리와 루를 드릴게요.
겨울 내내 모양과 향 잃지 않아요.
은혜와 추억이 깃들기를.

－「겨울 이야기」(4막 4장)

### 오펠리아

당신께 드릴 루예요. 나도 조금 가질래요.
'주일의 은총'이라 불러도 돼요.
아, 당신은 그런 이유로 달지는 말아요.

－「햄릿」(4막 5장)

### 라바츠 / 광대

맞아요. 그분은 샐러드에 넣은 향긋한 한 떨기
마조람이나 은총의 허브 같았어요.

### 라퓨

그건 샐러드에 넣는 허브가 아니라,
향기를 맡는 허브야.

－「끝이 좋으면 다 좋아」(4막 5장)

### 정원사

왕비님이 여기에 눈물을 떨궜지. 이 자리에
내가 쌉싸름한 은총의 허브, 루를 심겠다.
그 슬픔만으로도 이내 이곳에
눈물 흘린 왕비님을 기리는 루가 자라날 테다.

－「리처드 2세」(3막 4장)

### 안토니

눈물 떨어진 자리에 은총 피어나리.

－「안토니와 클레오파트라」(4막 2장)

# 골풀(Rush)

## *부들(Bulrush)*

---

### 피비

골풀을 짚고 서면 손바닥에
자국과 흔적이 얼마쯤은 남아.

– 「뜻대로 하세요」 (3막 5장)

### 티타니아

한여름 찾아온 뒤부터 단 한 번도,
언덕이나 계곡, 숲이나 들판,
자갈 깔린 샘이나 골풀 자란 냇가,
바다로 이어지는 모래밭, 그 어디서도...

– 「한여름 밤의 꿈」 (2막 1장)

### 라바츠 / 광대

톰의 손가락에 끼워준
팁의 골풀 반지처럼 꼭 맞고...

– 「끝이 좋으면 다 좋아」 (2막 2장)

### 로미오

유쾌한 자들이나
발꿈치로 무심한 골풀 간질이고...

– 「로미오와 줄리엣」 (1막 4장)

### 시라큐스의 드로미오

어떤 마귀는 그저 손톱 조각,
골풀, 머리카락, 피 한 방울, 바늘,
열매 하나, 체리 씨 하나만 달라는데...

– 「실수연발」 (4막 3장)

### 로살린드

사랑에 빠진 이를 알아보는 방법을
가르쳐 주셨는데, 당신은 분명
그 골풀 우리에 갇힌 포로는 아니에요.

– 「뜻대로 하세요」 (3막 2장)

### 서자

골풀 한 가닥이 네 놈 목을 매달
들보가 될 것이다.

– 「존 왕」 (4막 3장)

## 하인 1

골풀을 더, 골풀을 더 가져와.

– 「헨리 4세 제2부」 (5막 5장)

## 에로스

정원을 거닐어. 바로 이렇게. 그리곤
발 앞의 골풀을 걷어차고...

– 「안토니와 클레오파트라」 (3막 5장)

## 오셀로

오셀로의 가슴에 골풀 가져다 대도
물러나겠소.

– 「오셀로」 (5막 2장)

## 그루미오

저녁 식사는 준비됐나? 집안은 치웠어?
골풀은 깔았고? 거미줄은 걷었나?

– 「말괄량이 길들이기」 (4막 1장)

## 캐서린

달이든 해든, 뭐든 마음대로 부르세요.
골풀 양초라 하고 싶으시면
나도 그렇다고 말할게요.

– 「말괄량이 길들이기」 (4막 5장)

## 글렌다워

너더러 골풀 깐 바닥에 누워
얌전한 머리를 아가씨 무릎에 두라는군.

– 「헨리 4세 제1부」 (3막 1장)

## 마르시우스

너희들의 환심을
얻고자 애쓰는 자는 납 지느러미를 달고 헤엄치고
골풀을 가지고 참나무를 벤다.

– 「코리올라누스」 (1막 1장)

## 이아키모

우리 타퀸Tarquin은 이렇게
골풀을 살포시 밟고...

– 「심벨린」 (2막 2장)

## 의원 1

우리 성문은 아직 잠긴 듯 하나
골풀로 빗장 걸었으니 저절로도 열리겠다.

– 「코리올라누스」 (1막 4장)

지펴진 불빛때문에 그의 눈에 뜨인
바늘 꽂힌 루크리스의 장갑을
골풀 속 떨어져 있던 그 자리에서 집어 든다.

– 「루크리스의 겁탈」

## 구혼자

주변의 골풀로 엮은 반지에 대고
다정한 말을 속삭였어요.

– 「두 귀족 사촌 형제」 (4막 1장)

## 구혼자

헝클어진 긴 머리칼은
부들 위에 드리워지고...

– 「두 귀족 사촌 형제」 (4막 1장)

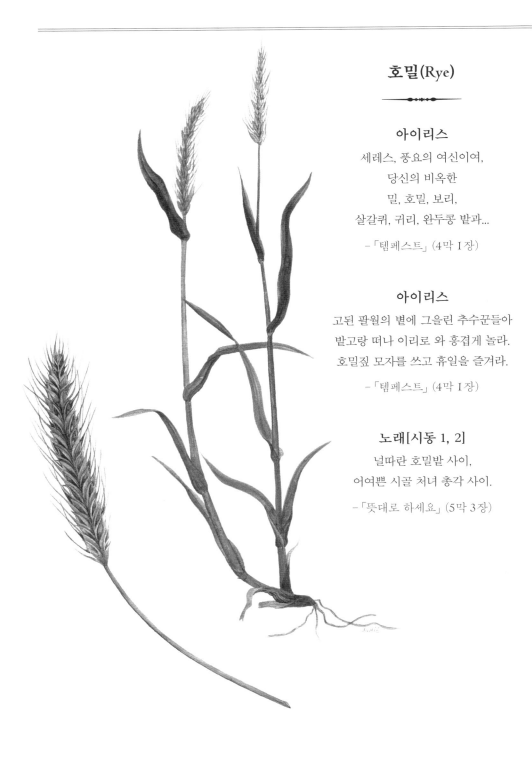

# 호밀(Rye)

## 아이리스

세레스, 풍요의 여신이여,
당신의 비옥한
밀, 호밀, 보리,
살갈퀴, 귀리, 완두콩 밭과...

－「템페스트」(4막 1장)

## 아이리스

고된 팔월의 볕에 그을린 추수꾼들아
밭고랑 떠나 이리로 와 흥겹게 놀라.
호밀짚 모자를 쓰고 휴일을 즐겨라.

－「템페스트」(4막 1장)

## 노래[시동 1, 2]

널따란 호밀밭 사이,
어여쁜 시골 처녀 총각 사이.

－「뜻대로 하세요」(5막 3장)

# 사프란(Saffron)

### 세레스

노란 사프란 색 날개로 내 꽃들에
상쾌한 소낙비, 꿀 같이 단물 뿌려주고...

－「템페스트」(4막 1장)

### 에베소의 안티폴루스

얼굴이 사프란처럼 샛노란 이 자가
오늘 우리집에서 먹고 마셔댔단 말이야?

－「실수연발」(4막 4장)

### 목자 아들 / 광대

배 파이 물들일 사프란도 있어야 하고...

－「겨울 이야기」(4막 3장)

### 라퓨

아뇨, 아뇨, 아뇨. 당신 아들은 호박단 옷을
휘감은 녀석에게 홀렸어요.
그 놈이 가진 지독한 사프란이
이 땅 모든 젊은이들의 설익은 반죽을
노랗게 물들일 뻔 했소.

－「끝이 좋으면 다 좋아」(4막 5장)

## 샘파이어(Samphire)

### 에드거
가운데쯤에는
샘파이어 따는 사람이
매달렸으니, 무서워라!
내가 보기에는 그 머리통보다도 작았습니다.

–「리어 왕」(4막 6장)

## 세이보리(Savory)

### 페르디타
당신을 위한 꽃이에요.
뜨거운 라벤더, 박하, 세이보리, 마조람.

–「겨울 이야기」(4막 4장)

# 사초(Sedge)

### 하인 2

바람에 일렁이는 풀처럼
헐떡이는 숨결 따라 들썩이는
사초 사이에 몰래 숨은 사랑의 여신도요.

– 「말괄량이 길들이기」 (서막 2장)

### 줄리아

반짝이는 돌과 함께 감미로운 음악 연주하고,
흘러가며 마주치는 사초마다
다정하게 입맞춤하며…

– 「베로나의 두 신사」 (2막 7장)

### 아이리스

굽이친 냇물의 물의
정령이라 불리는 님프들이여,
사초 왕관 쓰고 늘 천진난만한 모습으로…

– 「템페스트」 (4막 I장)

### 베네딕

저런, 가엾게도 상처 입은 새라니!
이제 사초 틈으로 기어들어가겠군.

– 「헛소동」 (2막 I장)

### 핫스퍼

고요한 세번 강가의 우거진 사초…

– 「헨리 4세 제I부」 (1막 3장)

## 포아풀(Spear-Grass)

———◆◆◆———

### 바돌프

...포아풀로 코를 쑤셔 쏟은 피를 옷에 문질러 바르고
남자답게 싸워서 흘린 피라고 자랑하라 했어요.

−「헨리 4세 제I부」(2막 4장)

# 딸기(Strawberry)

### 글로스터

엘리 주교, 얼마 전 홀본에 갔을 때 그대 정원에
딸기가 참 탐스럽더군.
내게 조금 가져다달라고 간청하오.

### 엘리

기꺼이, 제가 가겠습니다.
공작님, 온 마음을 다해서요...
호민관님 어디 계시오?
여기 딸기를 가져오라 시켰는데.

－「리처드 3세」(3막 4장)

### 이아고

부인이 손에 딸기가 수놓인 손수건을
들고 있는 걸 보신 적 없으세요?

－「오셀로」(3막 3장)

### 엘리 주교

딸기는 쐐기풀 아래서 자라며,
유익한 열매는 저급한 열매 옆에서
가장 잘 자라고 무르익는 법.

－「헨리 5세」(1막 1장)

# 설탕(Sugar)

### 헨리 왕자

하지만 착한 네드, 네드라는 이름이
달콤해지라고 설탕 한 푼어치 네게 줄게.
방금 급사 보조가 내 손에 건넨 거야...
폴스타프가 올 때까지 옆방이든 어디든
좀 가 있어. 나는 보조한테 대체 왜 내게 설탕을
주고 갔는지 물어봐야겠어...
들어봐라 프란시스,
네가 준 설탕이 한 푼어치 아니었나?

– 「헨리 4세 제I부」 (2막 4장)

### 바이런

하얀 손 아가씨, 달콤한 말 한마디만.

### 프랑스 공주

꿀, 우유, 설탕, 세 마디네요.

– 「사랑의 헛수고」 (5막 2장)

### 퀴클리 부인

최고급 술과 설탕 같아서
어떤 여자 마음도 얻을 수 있겠더라고요.

– 「윈저의 즐거운 아낙네들」 (2막 2장)

## 바사니오

설탕처럼 달콤한 숨결에
나뉘어 벌어진 입술이라니.
사랑스런 친구를 가르는 사랑스런 창살이구나.

－「베니스의 상인」(3막 2장)

## 노섬버랜드

공작님 말씀이 설탕처럼 달콤해서
고된 길조차 달고 즐겁습니다.

－「리처드 2세」(2막 3장)

## 목자 아들 / 광대

어디보자, 양털 깎기 축제에 뭘 사가야 하지?
설탕 삼 파운드, 건포도 오 파운드...

－「겨울 이야기」(4막 3장)

## 헨리 5세

그대 입술에는 마력이 깃들었소,
케이트. 설탕처럼 달콤한 그대 입술의 감촉이
모든 프랑스 대신들의 혀보다
더 호소력 있소.

－「헨리 5세」(5막 2장)

## 터치스톤

순결과 미모가 이룬 짝은
설탕 양념을 친 꿀 같아.

－「뜻대로 하세요」(3막 2장)

## 마가렛 왕비

가엾은 가짜 왕비여,
내 운명을 두고 헛되이 요란 떠는구나!
너는 왜 그 살찐 거미에게 설탕을 흩뿌리느냐?
지독한 거미줄로 너를 옭아맬 텐데?

－「리처드 3세」(I막 3장)

## 폴로니우스

이런 일은 흔히 일어나지요.
엄숙한 얼굴과 경건한 몸짓으로
마귀의 짓을 설탕으로 덮는 일이
너무 자주 보여요.

－「햄릿」(3막 I장)

## 브라반쇼

이런 말들은 설탕이든 쓸개즙이든
양쪽에 힘을 미쳐서 무슨 의미든 될 수 있소.

－「오셀로」(I막 3장)

## 포인스

존 설탕 와인 경은 뭐라고 해?

－「헨리 4세 제I부」(I막 2장)

설탕 입힌 네 혀는 쓰디쓴 약쑥이 되고...

－「루크리스의 겁탈」

## 시카모어(Sycamore)

### 벤볼리오

이른 새벽 도시 서쪽에 뿌리내린
시카모어 자라는 숲 속을
거니는 로미오를 보았습니다.

－「로미오와 줄리엣」(1막 1장)

### 데스데모나 (노래)

가련한 영혼은
시카모어 나무 옆에 앉아 한숨짓네.

－「오셀로」(4막 3장)

### 보이엣

서늘한 시카모어 그늘에서
반시간쯤 눈을 붙이려는데,

－「사랑의 헛수고」(5막 2장)

## 엉겅퀴(Thistle)

### 버건디

혐오스런 소리쟁이와 거친 엉겅퀴,
미나리 줄기, 가시껍질만이
가득합니다.

－「헨리 5세」(5막 2장)

### 보텀

거미줄 선생, 훌륭한 선생, 손에 무기를 챙겨들고,
엉겅퀴 위에 궁둥이 붉은 벌을 잡아주시오.
그리고 착한 선생, 내게 그 꿀 좀 갖다 주오.

－「한여름 밤의 꿈」(4막 1장)

# 가시(Thorns)

### 에리얼
연약한 정강이 찔러대는
깔깔한 찔레와 날카로운 가시금작화,
따끔한 덤불과 가시 사이로...

–「템페스트」(4막 1장)

### 달빛 / 스타블링
제가 할 말은 이 호롱이 달이고, 저는 달에 사는
사람이고, 이 가시덤불은 제 가시덤불이고,
이 개는 저의 개라는 겁니다.

–「한여름 밤의 꿈」(5막 1장)

### 헬레나
찔레에서도 가시는 물론 잎이 돋아나
날카롭고도 향기로울 거야.

–「끝이 좋으면 다 좋아」(4막 4장)

### 듀메인
하지만, 아아, 나는 네 가시로부터
너를 따지 않기로 맹세를 했다.

–「사랑의 헛수고」(4막 3장)

### 퀸스
누군가 가시 한 다발과 초롱을 들고 나와서
자기가 달빛으로 변장했다든지,
달빛을 상징한다든지 말해야 해.

–「한여름 밤의 꿈」(3막 1장)

### 칼라일 주교
슬픔이 닥칠 거요. 아직 태어나지 않은 아이들은
이 날의 슬픔을 날카로운 가시처럼
느끼게 될 거예요.

–「리처드 2세」(4막 1장)

### 퍽
찔레와 가시가 옷자락을 잡아끌어.

–「한여름 밤의 꿈」(3막 2장)

### 헨리 4세
우리 발에 상처 입힐 가시를 베려는
그대들의 노고는 칭찬해 마땅하오.

–「헨리 6세 제2부」(3막 1장)

### 해설 / 피터 퀸스
여기 호롱과 가시 다발 들고,
개를 이끌고 나온 사람은
달빛을 상징합니다.

–「한여름 밤의 꿈」(5막 1장)

### 글로스터
나는 가시 숲에서 길 잃어
가시를 헤집고 가시에 찔리는 사람처럼
길 찾아 헤매고 길에서 멀어지며...

–「헨리 6세 제3부」(3막 2장)

## 에드워드 4세

용감한 병사들이여,

저 너머엔 가시 숲이 도사리니...

– 「헨리 6세 제3부」(5막 4장)

## 에드워드 4세

저런! 저토록 어린 가시도 찌를 수 있나?

– 「헨리 6세 제3부」(5막 5장)

## 로미오

사랑이 연하다고? 사랑은 거칠고,

무례하고, 난폭해서 가시처럼 사람을 찔러대지.

– 「로미오와 줄리엣」(I막 4장)

## 볼트

더 뾰족한 가시밭길.

– 「페리클레스」(4막 6장)

## 레온테스

얼룩지면

막대, 가시, 쐐기풀, 벌침이지.

– 「겨울 이야기」(I막 2장)

## 플로리젤

그러나 오, 우리가 발 딛고 선 가시!

– 「겨울 이야기」(4막 4장)

## 오펠리아

고약한 사제처럼

천국으로 향하는 가파르고

가시 돋친 길을 보이지 마.

– 「햄릿」(I막 3장)

## 망령

괴롭히고 벌주는 일은

네 어머니 가슴에 품은 가시와

하늘에 맡겨라.

– 「햄릿」(I막 5장)

## 서자

놀랍구나. 이 세상...

가시와 위험 가운데에서 길을 잃은 것만 같아.

– 「존 왕」(4막 3장)

## 로실론 백작 부인

이 가시는

청춘이라는 장미의 당연한 일부인 법.

– 「끝이 좋으면 다 좋아」(I막 3장)

## 다이애나

찌를 가시조차 남기지 않고...

헐벗었다고 우리를 놀려요.

– 「끝이 좋으면 다 좋아」(4막 2장)

날카로운 비통을 깨우려

가시로 네 몸 찌르듯, 비참한 나는...

– 「루크리스의 겁탈」

# 타임(Thyme)

*백리향*

—◆—

## 오베론

야생 백리향 가득 피어나고...

–「한여름 밤의 꿈」(2막 I장)

## 이아고

쐐기풀을 심을지, 양배추 씨앗을 뿌릴지,
히솝을 키울지, 타임을 뽑아낼지...

–「오셀로」(1막 3장)

## 노래[소년]

빛깔도 여왕다워.
향기 아련한 각시패랭이꽃.
향은 없어도 가장 정다운 데이지.
그리고 진실한 타임.

–「두 귀족 사촌 형제」(I막 I장)

# 순무(Turnip)

—◆—

## 앤 페이지

아아! 차라리 흙에 목까지 파묻혀
돌 대신 순무에 맞아 죽고 말겠네.

–「윈저의 즐거운 아낙네들」(3막 4장)

# 덩굴(Vine)

## (포도(Grape) 참조*)

---

## 노래

오라, 포도 덩굴의 왕이여,
살찐 바쿠스, 붉어진 눈을 하고!
그대의 술에 우리의 근심을 빠뜨리고,
그대의 포도로 우리 머리를 꾸미리.

－「안토니와 클레오파트라」(2막 7장)

## 타이먼

메로우와 덩굴, 이랑 진 밭을 말려라.

－「아테네의 타이먼」(4막 3장)

## 버건디

마음의 기쁨을 주던 포도 덩굴은
사람의 손길을 받지 못해 죽었습니다.
우리의 포도원과 밭, 들판과 울타리가
나약의 본성 탓에 거친 야생으로 돌아갔습니다.

－「헨리 5세」(5막 2장)

## 모티머

힘없는 두 팔은 수액 마른 가지를
땅 위로 늘어뜨린 시든 덩굴과 같도다.

－「헨리 6세 제1부」(2막 5장)

## 크랜머

그녀가 다스리는 화평한 세월 동안 누구나
자신이 심은 덩굴 아래에서 배불리 먹고,
이웃에게 평화의 노래를 부를 것입니다.

－「헨리 8세」(5막 5장)

## 크랜머

선택받은 아기의 심복들인
평화와 풍요, 사랑과 진실, 위엄이
그분의 것이 되어 덩굴처럼 자랄 것입니다.

－「헨리 8세」(5막 5장)

## 리어 왕

자, 우리의 기쁨아,
너 비록 막내로 태어났으나, 네 사랑을 얻으려고
프랑스의 덩굴과 부르고뉴의 우유가
경쟁하도다.

－「리어 왕」(1막 1장)

## 아르비라구스

뻗어가는 덩굴로 하여금 고약한 비애,
딱총나무가 그의 썩은 뿌리 풀어헤치도록 하라!

－「심벨린」(4막 2장)

### 아드리아나

내 남편, 당신은 느릅나무고, 나는 덩굴이죠.
연약한 나는 튼튼한 당신과 맺어져
당신의 힘을 나누어가져요

– 「실수연발」 (2막 2장)

### 세레스

주렁주렁 포도송이가 자라는 덩굴,
낟알이 무거워 고개 숙인 곡식.

– 「템페스트」 (4막 1장)

### 리치몬드

여러분의 여름 밭과 포도 맺힌 덩굴을 짓밟는
탐욕스런 멧돼지가...

– 「리처드 3세」 (5막 2장)

### 아르시테

덩굴은 자라겠지만 우리는 다시 못 보고.

– 「두 귀족 사촌 형제」 (2막 2장)

포도 한 알 얻자고 덩굴을 꺾어
죽일 자가 누구인가?

– 「루크리스의 겁탈」

# 제비꽃(Violet)

### 오베론

앵초와 한들대는 제비꽃 자라는 곳을 알아...

─「한여름 밤의 꿈」(2막 I장)

### 왕비

제비꽃, 앵초, 큰앵초는
내 방으로 가져가라.

─「심벨린」(I막 5장)

### 살즈버리

금에 금을 입히거나, 백합을 칠하거나,
제비꽃에 향수를 뿌리거나...
이 모든 것은 터무니없는 사치에 불과하오.

─「존 왕」(4막 2장)

### 앤젤로

햇살 내리쬐는 제비꽃 옆에 누워
꽃 아닌 시체처럼
아름다운 계절 속에 썩어가는 자가
바로 나로구나.

─「자에는 자로」(2막 2장)

### 헨리 5세

내 생각엔 왕도 나처럼 그냥 사람일 뿐이오.
제비꽃 향기는 그에게나 나에게나 똑같고...

─「헨리 5세」(4막 I장)

### 라에르테스

젊은 날의 제비꽃처럼
서둘러 피지만 오래가지 못 하고,
예쁘지만 이내 시들어. 한 순간의 향기만 남기지.
그뿐이야.

─「햄릿」(I막 3장)

## 오펠리아

당신에겐 제비꽃을 주고 싶은데,
우리 아빠가 돌아가셨을 때 모두 시들었어요.

-「햄릿」(4막 5장)

## 라에르테스

그녀를 땅에 뉘이시오.
깨끗하고 어여쁜 살결에서
제비꽃 돋으리니!

-「햄릿」(5막 1장)

## 벨라리우스

제비꽃 아래 살랑대는 미풍처럼
다정하며...

-「심벨린」(4막 2장)

## 오르시노

제비꽃 언덕 위로 불어오는 산들바람처럼
달콤한 소리 되어 내 귀를 스쳤노라.

-「십이야」(1막 1장)

## 봄의 노래

얼룩덜룩 데이지, 파란 제비꽃...

-「사랑의 헛수고」(5막 2장)

## 페르디타

어둑하지만
주노 여신 눈꺼풀이나 아프로디테 숨결보다
달콤한 제비꽃...

-「겨울 이야기」(4막 4장)

## 요크 공작 부인

어서 오너라, 내 아들아. 새 봄의
초록 언덕에 한창 피어나는 제비꽃이 누구냐?

-「리처드 2세」(5막 2장)

## 마리나

노란 꽃, 푸른 꽃, 자줏빛 제비꽃과 메리골드
여름날 동안 당신 무덤 위에 카펫처럼 늘어놓아요.

-「페리클레스」(4막 1장)

우리 아래 파아란 제비꽃은
우리가 하는 일을 알지도, 떠들지도 못해.

-「비너스와 아도니스」

살았을 때 숨결과 어여쁨으로
장미에겐 빛깔을, 제비꽃에겐 향기를 주었는데.

-「비너스와 아도니스」

까만 곱슬머리 하얗게 새어버린
철 지난 제비꽃 볼 때면
나는 그대의 아름다움이 떠올라
그대도 시간의 폐허 속에 시들테지...

- 소네트 12

당돌한 제비꽃을 꾸짖노라.
"예쁜 도둑아, 달콤한 그 향기
내 님의 숨결에서 훔쳤구나?
부드러운 뺨에 감도는 고귀한 자줏빛은
내 님의 핏줄 가져다 칠했구나."

- 소네트 99

# 호두(Walnut)

### 페트루치오

아니, 이건 꼭 조가비나 호두껍질이군.
노리개야, 장난감이야? 어린애 모자잖아.

- 「말괄량이 길들이기」 (4막 3장)

### 포드

나를 두고 "아내의 애인을 찾아 텅 빈
호두껍질까지 뒤진 포드Ford처럼
질투를 한다" 말해도 좋아.

- 「윈저의 즐거운 아낙네들」 (4막 2장)

# 밀(Wheat)/살갈퀴(Vetches)

*그루(Stubble)* (옥수수Corn 참조)*

### 아이리스

세레스, 풍요의 여신이여,
당신의 비옥한 밀, 호밀, 보리,
살갈퀴, 귀리, 완두콩 밭과...
- 「템페스트」 (4막 1장)

### 바사니오

그의 말에서 이치를 찾기란
두 더미 짚 속에 숨은 밀 두 알 찾기와 같아.
종일  찾더라도 돌이켜보면 헛수고지.

- 「베니스의 상인」 (1막 1장)

## 햄릿

평화는 언제나 밀짚 화관을 쓴 채...

-「햄릿」(5막 2장)


## 데이비

그리고 또,
경사진 땅에는
밀을 뿌릴까요?

## 샐로우

붉은 밀, 데이비Davy.

-「헨리 4세 제2부」(5막 1장)


## 폼페이

로마에 대량의 밀을 보내고...

-「안토니와 클레오파트라」(2막 6장)


## 에드거

이건 플리버티지벳이란 마귀야...
하얀 밀에 곰팡이 슬게 하고, 땅에 사는 가련한
피조물을 다치게 한다.

-「리어 왕」(3막 4장)


## 헬레나

밀싹이 녹색이 되고 산사꽃봉오리가 맺힐 때
목동 귀에 지저귀는 종달새 노래보다 듣기 좋아.

-「한여름 밤의 꿈」(1막 1장)


## 판다루스

밀을 보고 빵을 먹고자 하면 밀가루 빻을 때까지
기다릴 줄도 알아야지요.

-「트로일로스와 크레시다」(1막 1장)


## 테세우스

당신의 밀짚 화관은
도리깨도 비바람도
맞지 않았고...

-「두 귀족 사촌 형제」
(1막 1장)


## 시시니우스

마른 그루에 불을 지피고
그 불길은 결국 그자를
영영 검게 태울 거요.

-「코리올라누스」
(2막 1장)


## 핫스퍼

추수가 끝나
그루 없는 밭처럼 면도해
턱은 매끈하고,
새신랑처럼 말쑥하게
단정한 옷을 차려입은 어느 귀족이 와서...

-「헨리 4세 제1부」(1막 3장)

# 버드나무(Willow)

## *고리버들(Osier)*

### 베네딕

버드나무까지 같이 가주겠다고 했지요.
버림 받았으니까 화환이나, 맞아도 싸니까
회초리 만들어주려고요.

－「헛소동」(2막 1장)

### 나다니엘

내게는 참나무지만,
그대에겐 낭창낭창한 고리버들이라.

－「사랑의 헛수고」(4막 2장)

### 로렌초

이런 밤에
디도 여왕은 버들가지 손에 들고
바다 위 낭떠러지에 서서...

－「베니스의 상인」(5막 1장)

### 로렌스 수사

이 고리버들 바구니를
독을 지닌 풀과 약이 되는 꽃들로 채워야 한다.

－「로미오와 줄리엣」(2막 3장)

### 셀리아

졸졸 흐르는 냇가에 늘어선 고리버들을
오른쪽에 두고 따라가면 나와요.

－「뜻대로 하세요」(4막 3장)

### 데스데모나 [노래하는 것]

가련한 영혼은 시카모어 나무 옆에
앉아 한숨 짓네.
모두 노래해요, 푸른 버들
손은 가슴에, 머리는 무릎에
노래해요, 버들, 버들, 버들.
맑은 냇물 흐르며 한숨 속삭여
노래해요, 버들, 버들, 버들.
짠 눈물이 떨어져 돌을 녹이네
노래해요, 버들, 버들, 버들.
모두 노래해요, 푸른 버들 내 화관 되리.

－「오셀로」(4막 3장)

## 거트루드

개울가에 비스듬히 버드나무 자라나 거울 같은
냇물에 하얀 잎 비치는 곳, 미나리아재비, 쐐기풀,
데이지, 그리고 천한 목동들은 상스러운 이름으로
부르지만 얌전한 우리 아가씨들은 죽은 자의
손가락이라고 하는 난초를 엮어 화환을 만들었어.
앙증맞은 그 화관 가지에 걸려고 나무에
오르는데, 심술 맞은 은빛 가지가 부러져...

–「햄릿」(4막 7장)

## 에밀리아

백조처럼
노래 속에 죽겠어요. (노래)
버들, 버들, 버들.

–「오셀로」(5막 2장)

## 구혼자

그리고는 그저
버들, 버들, 버들 노래만 했어요.

–「두 귀족 사촌 형제」(4막 1장)

## 보나

곧 홀아비 될 테니 내가 그를 위해
버드나무 관을 쓰겠다 말해라.

–「헨리 6세 제3부」(3막 3장)

## 전령

[그녀의 말을 반복해 전한다.]

–「헨리 6세 제3부」(4막 1장)

## 비올라

당신 집 앞에 버드나무 오두막을 지어줘요.

–「십이야」(1막 5장)

## 베네딕

자, 나와 함께 가자.

## 클라우디오

어디로?

## 베네딕

바로 저기 버드나무에 가서 네 할 일이 있다.

–「헛소동」(2막 1장)

자신과의 맹세는 어기더라도
그대에게는 충직하리.
내게는 참나무지만, 그대에겐
낭창낭창한 고리버들이라.

–「열정의 순례자」

# 약쑥(Wormwood)

## *다이애나의 꽃(Dian's Bud)*

### 오베론

그대 모습으로 돌아가라.
그대 보던 눈으로 보라.
다이애나의 꽃은 큐피드의 꽃을
물리칠 수도 있는
축복받은 효능이 있으니.

– 「한여름 밤의 꿈」 (4막 I장)

### 유모

비둘기장 담 밑에 앉아
햇볕을 쬐며
젖꼭지에 약쑥을 발랐어요.
…젖꼭지에 바른 약쑥에서
쓴맛을 보더니
고 귀여운 것이…

– 「로미오와 줄리엣」 (I막 3장)

숨겨진 쾌락은 알려진 수치가 되고,
혼자만의 잔치는 모두의 금식이 되고,
명예로운 지위는 남루한 이름이 되고,
설탕 입힌 네 혀는 쓰디쓴 약쑥이 되고…

– 「루크리스의 겁탈」

### 햄릿

(방백) 약쑥처럼 쓰다, 써.

– 「햄릿」 (3막 2장)

### 로살린

비옥한 머리에서 약쑥을 뽑아내려고요.

– 「사랑의 헛수고」 (5막 2장)

# 주목(Yew)

### 노래[페스티]
주목 가지 꽂아 넣은 하얀 내 수의,
오, 마련해다오.

－「십이야」(2막 4장)

### 스크룹
구빈원 노인조차 전하의 나라를 향해
독 바른 주목 화살 겨누기를 익히고...

－「리처드 2세」(3막 2장)

### 타모라
여기 음침한 주목에
나를 꽁꽁 묶어
비참히 죽도록 두고 가겠다고 하더구나.

－「타이터스 앤드로니커스」(2막 3장)

### 패리스
저 주목나무 아래 바짝 엎드려
땅에 귀를 대고 있어라.
무덤을 파서 땅이 무르니
누군가 가까이 오면
발소리가 들릴 거다.

－「로미오와 줄리엣」
(5막 3장)

### 발타자
여기 주목나무 아래에서 잠을 자면서
주인님과 누가 싸우는 꿈을 꾸었어요.
주인님이 그 사람을 죽였어요.

－「로미오와 줄리엣」(5막 3장)

### 마녀 3
염소의 쓸개, 월식 때
잘게 자른 주목의 가지...

－「맥베스」(4막 1장)

# 식물학 사전

## *글로 그린 스케치*

# A

**아코닛(Aconitum, 민박꽃속)** - 바꽃(Wolfs-bane), 투구꽃(Monkshood), 악마의 투구(Devil's Helmet) 등으로도 알려져 있다. 조금 과장된 명칭이라 느껴질지 모르나 독의 여왕(Queen of All Poisons)이라 불리기도 하며, 실제로 민박꽃속에 속하는 250여종 이상의 식물이 강한 독성을 지닌다. 정원에 우아한 멋을 더하는 아름다운 외형을 가지고 있고 해독제로도 쓰이나, 무엇보다도 마약으로 가장 널리 재배되었다. 마녀들이 즐겨 사용하는 독초이자, 옛 전쟁에서 은밀히 쓰이던 독약으로 가장 흔히 묘사되었으며, 그리스어로 화살 혹은 창을 의미하는 어원을 고려했을 때 라에르테스의 칼 끝에 발린 독 또한 아코닛에서 채취한 독일 가능성이 높다. 아코닛은 또한 셰익스피어가 가장 좋아했던 책인 오비디우스의 「변신이야기Metamorphoses」에도 등장한다.

**도토리(Acorn)** - 참나무 열매, 겉이 단단한 열매, 혹은 씨앗이 깍정이 아래에 끼워진 형태를 띤다. 위풍당당한 참나무의 허약하고 보잘것없는 자손을 상징하며, 반대로 위엄 있는 성질에 대한 가능성을 상징하기도 한다. 땅에 떨어진 도토리는 돼지의 근사한 식량이 되기도 한다.

**아도니스 꽃(Adonis Flower)/패모(Fritillary)** - 아도니스 꽃은 수백 년 동안 학자들에게 혼란을 초래했다. 무슨 이유에서일까? 셰익스피어의 「비너스와 아도니스」에는 본래 오비디우스가 쓴 비너스와 아도니스의 이야기에서 말한 아네모네 꽃이 등장하는 것으로 여겨졌지만 죽은 아도니스의 피에서 피어난 "얼룩 대는 흰 무늬가 아로새겨진 검붉은 꽃"은 아네모네 꽃의 외관과 맞아 떨어지지 않는다. 그보다는 뱀머리 패모(학명: Fritillaria meleagris)의 외관과 잘 맞아 떨어지며, 플랑드르 출신의 식물학자 램버트 도도엔스는 뱀머리 패모의 무늬가 당시 영국에서 '터키turkeys'라 불리던 뿔닭의 무늬와 비슷하다는 점에 착안하여 터키Turkie 꽃이라는 명칭을 붙이기도 했다. 1570년경 약제상 노엘 캐퍼론Noel Caperon이 프랑스 오를레앙에서 소량을 영국으로 들여와 나르키소스 카페로니우스(Narcissus caperonius)라 이름을 붙였으며, 이 꽃의 아름다움에 매료된 「허벌」의 저자 존 제라드는 체크무늬 수선화라 부르고, 1597년 출간한 책의 표지에 싣기도 했으니 사실 이 꽃의 정체는 당대의 문헌만 잘 뒤져도 아주 쉽게 알아낼 수 있었던 것이다.

**아몬드(Almond)** - 16세기 중반의 문헌에 처음 기록된 아몬드 나무는 엘리자베스 여왕 시절 번영을 누렸던 영국인들이 설탕에 열광을 했던 시기와 비슷한 때에 영국에 들어와 귀한 재배종으로 자리 잡았으며, 달콤한 아몬드를 장미수와 섞어 반죽한 마지팬mazipan(「로미오와 줄리엣」에서는 "마치팬marchpane")을 이용해 호화로운 과자를 만들기도 했다. 앵무새들이 특히 아몬드를 좋아하기 때문에 테르시테스의 대사는 물론 셰익스피어와 동시대를 살았던 작가 토머스 내시Thomas Nashe의 「앵무새에게 아몬드를An Almond for a Parrot」, 그보다 몇 년 뒤에 이름을 알린 벤 존슨의 「매혹적인 여성The Magnetick Lady」에도 앵무새와 아몬드에 관한 비유가 등장한다.

**알로에(Aloe)** - 오늘날에는 진정 효과가 있는 것으로 널리 알려진 다육식물이다. 셰익스피어 작품에 등장하는 알로에는 약용으로 쓰이기는 했으나 그 효능은 현재와 사뭇 달랐으며, 인도나 아시아에서 수입된 짙은 향을 풍기고, 쓴 맛이 나는 강력한 설사약으로 묘사된다.

**사과(Apple)** - 일찍부터 재배된 과수 가운데 하나인 사과는 약용과 식용으로 쓰였으며, '사과'는 일반적인 의미의 과일을 총칭하는 단어로 쓰이기도 했다. 셰익스피어 또한 사과를 이용해 다양한 은유적 표현을 선보였다. 셰익스피어 작품에는 다음과 같이 다양한 품종의 사과가 등장한다.

&gt; **애플존(Apple-John)** - 쭈글쭈글한 외관을 가졌으며, 오래 저장이 가능한 사과.

&gt; **비터스위팅(Bittersweeting)** - 단맛이 나는 품종으로, 사

과주를 담그거나 요리에 쓰인다.

- **풋사과(Codling)** – 덜 익은 사과.

- **피핀(Pippin)** – 모양이 길쭉하고, 오래 저장이 가능한 사과. 일반적으로 개별 뿌리로부터 재배한다.

- **폼워터(Pomewater)** – 알이 굵고, 맛이 시며, 과즙이 풍부한 사과.

- **가죽껍질(Leather-coat)** – 오늘날에는 골든 러셋(Golden Russet) 품종으로 알려진 보통 크기의 사과로, 달고 강한 맛과 아삭한 식감이 특징이며, 최고의 사과 품종으로 분류된다. 그러나 셰익스피어 작품에서는 캐러웨이와 '씨앗'을 감싼 열매를 뜻하는 것으로 여겨져 캐러웨이(Caraway)로 분류해 실었다.

- **코스터드(Costard)** – 「사랑의 헛수고」에 등장하는 우스운 인물의 이름이며, 과거에는 사과를 의미하는 단어로 쓰였다. 주로 커다란 사과를 뜻했기에 '머리통'이라는 의미로도 사용되었다.

**앤젤리카(Angelica, 신선초)** – 머리말에서 삽화로 소개된 앤젤리카는 「로미오와 줄리엣」에서 등장인물의 이름으로 쓰였다. 야생에서도 발견되며, 정원에서 기르는 허브이기도 한 앤젤리카의 이름을 딴 등장인물의 정체에 대해서는 '부엌에서 일하는 하녀'라는 설부터 유모의 이름이라는 설, 줄리엣이 앞서 언급한 맨드레이크에 대한 해독제라는 설, 결혼식 만찬을 위해 준비한 고기 요리와 대비되는 사탕이라는 설 등 다양한 추측이 존재한다. 현대 작가 로버트 그린Robert Greene 또한 저서 「페리메데스Perimedes」에 한 차례 이름이 언급될 뿐인 정체불명의 인물 앤젤리카를 등장시킨 점이 흥미롭다.

**살구(Apricot)** – 셰익스피어의 시대에는 'apricock'이라 불렸으며, 이는 라틴어 단어 'praecox/praecoquus'에서 유래된 단어 'abrecox/aprcox'의 파생어이다. 살구가 영국에 처음 소개된 때는 헨리 8세 시대로 알려져 있고, 이탈리아나 스페인, 혹은 실크로드를 통해 중국에서 들어온 것으로 추정된다. 부를 상징하는 과일이었고, 복숭아보다 일찍 피어나기 때문에 조숙한 나무로 불렸다. 「리처드 2세」에 등장하는 살구는 연대기적으로 보았을 때에 오류이다. (셰익스피어가 현대에는 아직 알려지지 않은 사실을 알고 있었을 가능성도 있다. 가령, 살구가 현대에 알려

진 것보다 훨씬 이전인 로마 시대에 영국에 소개되었는지도 모른다.)

**아라비아 나무(Arabian Tree, 아카시아)** – 다수의 학자들은 오셀로가 말하는 나무가 종려나무나 미르나무라고 여겼다. (미르나무의 수액은 약제로 사용되나 눈병에 쓰이는 약은 아니다.) 그러나 제라드의 저서를 비롯한 16세기 약초 의학서들에는 아카시아나 이집트 가시나무의 수지를 눈병 치료제로 묘사하였으며, 13세기 이탈리아의 의사는 그 수지를 눈물이라 부르기도 했다. 하지만 「템페스트」와 「불사조와 산비둘기」에 등장하는 나무는 종려나무일 가능성이 높다. 종려나무는 전설의 새 불사조가 둥지를 트는 나무로 여겨졌으며, 학명인 *Phoenix dactylifera*도 이러한 전설에서 유래됐다.

**물푸레나무(Ash)** – 왕성한 성장 속도와 견고한 내구력을 가져 영국에서 흔히 목재로 쓰이며, 주로 튼튼한 도구나 창 따위를 만들었다. 결이 매우 고운 나무로, 셰익스피어 작품에서는 코리올라누스Coriolanus의 강인함을 묘사하는 비유로 등장한다.

**사시나무(Aspen)** – 포플러 속으로, (둥글지 않은) 평평한 줄기에 달린 잎이 작은 자극에도 떨리듯 끊임없이 움직인다.

# B

**수레국화(Bachelor's Buttons/Buds)** – '총각의 단추'는 단추 모양의 봉오리와 꽃을 피우는 식물을 총칭한다. 남자들의 옷 주머니나, 여자들의 플래킷(스커트의 옆을 튼 부분), 의

복의 접히는 부분 등에 장식으로 꽂았으며, 꽃의 향기로 체취를 가리거나, 연인들 사이에 향기로운 추억을 만드는 데에도 쓰였다. 꽃의 신선도에 따라 청혼의 성패를

암시하는 부적으로 쓰이기도 했다. 시간이 흐름에 따라 옷에 꽃을 다는 위치는 옷깃이나 단춧구멍으로 이동하였다.

**향유(Balm, Balsam)** – 진정 작용을 하는 약물로 널리 쓰여 마침내 진정제를 총칭하는 단어로 자리하였다. 이 책에는 식물 향유를 언급하는 경우에만 인용되었다. (눈물을 가리키는 표현인 "가련한 내 눈의 향유" 등 은유적으로 언급된 경우는 제외하였다.) 일반적으로 '밤(balm)'이라고 칭하는 연고는 레몬밤으로 여겨지며, 은은하고 달콤한 향기를 지녀 상처 등에 도포하였다. 수지가 분비되는 나무를 발삼, 또는 발사뭄(Balsamum)이라 불렸고(책에는 두 종류 모두 삽화로 실었다), 이들 나무는 주로 치료용 연고를 만드는 재료로 쓰이기도 했지만 시신을 방부 처리할 때나 왕의 도유(塗油) 의례에도 사용됐다.

**보리(Barley)** – 곡식의 일종으로 밀보다는 값싼 식재료로 여겨졌으나, 식량이 풍족하지 않은 시기에는 기본적인 식재료로 쓰였다. 맥주를 만드는 재료로도 사용됐다. ('Bar-ley'라는 단어는 'beer plant'라는 의미를 가진다.) 「헨리 5세」에서 프랑스 사령관이 말하는 '보리죽'은 영국의 맥주를 비꼬는 것이거나, (피를 식히는) 약을 뜻하는 것으로도 여겨진다.

**버너클(Barnacle, '따개비'라는 의미도 있음)** – 「템페스트」의 캘리번은 "우리 모두… 버너클로 변하고 말 거예요"라며 두려움을 내비춘다. 이야기의 배경이 섬이라는 점으로 미루어 보아 '버너클'을 흔히 배의 밑바닥에 붙어 자라는 '따개비'라고 생각할 수 있다. 하지만 16세기에는 '버너클'이 '버너클 나무, 혹은 기러기가 열리는 나무'에서 자란 기러기라고 믿었다. (존 제라드는 이런 나무를 직접 본 적이 있다고 맹세했다.) 이러한 전설의 나무는 선원들이 꾸며낸 이야기나 14세기 여행가들의 허풍 섞인 이야기에서 비롯된 듯하다. 이와는 별개로 '버너클 기러기'라는 기러기의 품종이 존재하기는 한다.

**월계수(Bay Tree/Laurel)** – 델포이 여사제들과 아폴로 신이 사랑한 월계수 잎은 상록수인 월계수(학명: *Laurus nobilis*)의 광택이 도는 잎사귀로, 오랫동안 왕위, 불사, 승리의 관 등의 상징으로 쓰였다. 이탈리아에서는 월계수가 시들거나 죽으면 나라에 재앙이 닥칠 조짐으로 여겨졌다.

**콩(Beans)** – 콩과 식물의 씨앗을 총칭하는 콩은 셰익스피어 작품에서 매우 하찮은 존재로 등장한다. (어떤 작가는 셰익스피어 작품에 등장하는 콩을 두고 "로맨틱하지 못하다"고 했다.) 주로 말에게 먹이는 잠두(축축한 잠두는 뱃병을 유발함)나, 천민들이 먹는 음식으로 묘사됐다.

**월귤(Bilberry)** – 이끼 덮인 황야의 관목이나 덤불에서 자라는 야생 열매로, 호틀베리(Whortleberries), 히스베리(Heathberries), 윈베리(Whinberries) 등의 이름으로 불리기도 했다. 먹고 나면 입 주위와 손가락이 짙은 푸른색으로 물들기 때문에 월귤의 색처럼 퍼런 멍이 들도록 하녀들을 꼬집으라는 피스톨의 대사가 탄생했다. 셰익스피어 작품에는 한 차례만 등장하나 야생에서 자라는 특성으로 미루어 보아 「아테네의 타이먼」과 「타이터스 앤드로니커스」에서 언급된 '베리'가 월귤일 가능성이 있다.

**자작나무(Birch)** – 영국 자생종인 자작나무는 셰익스피어의 작품에서는 그리 큰 주목을 받지 못했다. 오직 두 차례 언급될 뿐이며, 그조차도 우아한 자태보다는 나뭇가지를 다발로 묶어 어린 아이들을 벌주는 회초리 용도만을 나타낸다. 이러한 용도로 인해 'birch'는 동사형으로 '회초리질 하다'라는 의미를 가진다. 여자들을 매질할 때도 쓰였으며, 마녀들이 주술 목적으로 사용하기도 했다.

**블랙베리(Blackberries)/검은딸기나무(Brambles)** – 「아테네의 타이먼」과 「타이터스 앤드로니커스」에서 언급된 '베리'의 또 다른 후보로, 셰익스피어 작품에서는 어디서나 쉽게 찾아볼 수 있는 식용 열매나, 덤불 사이에서 찾아볼 수 있는 가시 돋친 식물의 의미로 쓰였다.

**회양목(Box Tree)** – 장식 정원이나 대정원, 정자 등의 울타리를 이루는 나무로 흔히 가꾸었기에 올리비아의 정원에서 말볼리오를 골탕 먹일 때에 몸을 숨기는 장소로 등장했다.

**찔레(Briers)** – 장미 줄기의 가시나, 그밖에 가시가 돋친 식물을 총칭하여 다양한 품종의 식물이 찔레라 불렸다. 책에서는 스카치 장미와 더불어 검은딸기나무를 삽화로 넣었으나, 산사덤불 등 날카로운 가시가 돋친 식물이라면 어느 것이나 아름다운 자연의 어둡고 거친 면모를 상징하는 '찔레'로 묘사될 수 있다. 가시(Thorns) 참조.

**금작화(Broom)** – 꽃을 피우는 관목으로, 셰익스피어의 작품에서는 천함과 (비밀스러운) 고귀함을 모두 의미한다. 황야에서 자라며, 달콤한 향기가 나는 금빛 노란색 꽃을 피운다. 셰익스피어 작품에서 식물 그 자체로 언급되는 경우는 「템페스트」가 유일하다. 퍽의 대사에서는 꽃 그 자체보다는 빗질을 한다는 의미가 더 강하다. 퍽이 요정인 점을 감안하면 흔히 사용되는 빗자루보다는 꽃을 이용해 빗질을 했을 수 있다. 금작화를 옛 라틴어로는 플란타 제니스타(Planta genista)라 했으며, 셰익스피어의 여섯 개 역사극에 등장하는 브리튼 왕실 가문 플랜태저넷의 이름이 여기에서 유래됐다.

**부들(Bulrush)** - 골풀(Rush) 참조.

**우엉(Burdock) / 가시껍질(Bur, Burres)** – 코델리아는 우엉을 부정적인 의미로 언급하지만, 우엉은 실제 서식지에서 보면 꽤 근사한 외형을 자랑한다. (머리카락을 붉게 물들이는 용도로 사용되기도 했다.) 그러나 아직 피지 않은 꽃봉오리가 마르면 가시껍질이 되는데, 갈고리 같은 가시가 달린 길고 뻣뻣한 포엽이 주변 여기저기에 단단히 들러붙기 때문에 강박적인 짝사랑을 나타내는 비유로 쓰였다.

**오이풀(Burnet)** – 장미과의 식물로, 불그스름한 꽃에서 그 이름이 유래됐다. 셰익스피어 작품 가운데는 「헨리 5세」에서 버건디 공작의 긴 대사 속에 한 차례 등장할 뿐이나, 프랜시스 베이컨은 오이풀의 아름다움을 찬미하여 산책로를 따라 야생 타임과 박하, 오이풀 심기를 권장했다.

# C

**양배추(Cabbage)** – 양배추는 에반스 경의 웨일스 사투리 섞인 라틴어를 놀리는 폴스타프Falstaff의 유쾌한 말장난에 완벽히 녹아들었다. 양배추는 흔히 시골 텃밭에서 길렀으며, 빈곤층은 양배추로 죽을 끓여 먹기도 했다. 제라드는 양배추를 약용으로 써서 시력을 향상시키거나, 양배추 씨앗으로 주근깨를 옅게 할 수 있다고 했다.

**캐모마일(Camomile)** – 16세기에 흔히 찾아볼 수 있었던 지표 식물이자 10세기 고대 영어로 쓰인 약초 의학서 「라크눈가Lacnunga」에 언급된 아홉 가지 마법의 허브 가운데 다섯 번째 허브이다. 진정 작용을 하는 은은한 향기를 지녔다. 에너지의 상징이며, 짓밟힐수록 더욱 왕성히 자라나기 때문에 겸손을 상징하기도 했다.

**케이퍼(Caper)** – 검은딸기나무와 비슷한 관목으로, 꽃봉오리를 식초에 절여 요리의 양념이나 고명으로 썼다. 토비 경은 양고기에 곁들이는 케이퍼 소스를 이용한 말장난을 하지만 '케이퍼'는 16세기 후반 프랑스의 캐프리올 춤에서 파생된 일종의 춤을 가리키는 명칭이기도 하다. 또한 말이 뒷다리를 차며 도약하는 것을 의미하는 승마 용어로도 쓰인다. 토비 경과 애규치크 경의 언어유희에는 이들 의미가 모두 담겨 있다.

**캐러웨이(Caraway)** - 씨앗으로 잘 못 알려져 있으나, 회향과 비슷한 작은 열매이다. '콤피트(comfit)'라고 하는 사탕을 만드는 데 쓰였으며(설탕 참조), 사과와 함께 처방해 충치로 인한 구취를 없애는 용도로도 사용됐다. 부드러운 가죽 같은 껍질을 가졌으며, 셰익스피어 작품에서는 문장의 맥락으로 미루어 보아 사과 품종 '가죽껍질'이 아닌 캐러웨이를 말하는 것으로 여겨진다.

**카르두스 베네딕투스(Carduus Bene-dictus)/홀리티슬(Holy Thistle)** – 토머스 브라스브리지Thomas Brasbridge는 1578년 출간된 「가난한 이의 보석Poore Man's Jewell」에 카르두스 베네딕투스를 치유력을 가진 약초라고 기록했다. 홀리티슬이라고도 하며, 셰익스피어 작품에는 비어트리스가 사랑하는 베네딕의 이름이 들어가 있어서 그녀를 놀리는 언어유희로 쓰였다.

**카네이션(Carnations)/ 길리버(Gillyvors)/패랭이꽃(Pinks)** – 카네이션은 셰익스피어 작품에서 폴스타프가 싫어하고, 코스터드가 사고자 하는 리본의 색깔(옅거나 짙은 분홍색)을 나타내는 단어로 두 차례 등장한다. (당시 궁정에서 매우 인기 있었던 색으로, 엘리자베스 여왕은 재위 기간 동안 카네이션 색깔의 의복을 백 번도 넘게 선물 받았다.) 꽃으로서 카네이션은 길리버(줄리엣 꽃이라고도 한다)와 함께 페르디타의 대사에서 "자연의 사생아"로 언급된다. 각종 은유가 가득한 이 대화에서 훗날 페르디타의 시아버지가 되는 폴릭세네스는 접붙이기를 통한 자연과 기술의 교배에 대해 설명하는데, 사실 이러한 이종교배는 자연과 신의 섭리에 어긋나는 신성모독으로 여겼다. 카네이션과 길리버는 모두 패랭이꽃과에 속하며, 패랭이꽃은 로미오와 머큐시오의 외설적인 말장난에 등장한다.

**당근(Carrot, Caret)** - 평민들이 즐겨 먹던 뿌리채소로, 에반스 경이 윌리엄에게 라틴어를 가르칠 때에 퀴클리 부인이 이를 이용해 말장난을 한다. 제라드는 정원에서 재배되는 주황색 당근과 그보다는 옅은 색의 야생 당근을 약용 및 식용으로 쓰는 여러 가지 방법을 기술했다.

**삼나무(Cedar)** - 위엄 있는 외관을 자랑하는 침엽수로, 셰익스피어 작품에서는 그 높이와 위용, 긴 수명 등의 특징 묘사를 통해 유서 깊은 가문의 상징으로 몇 차례 등장한다.

**체리(Cherry)** - 붉은 색깔로 인해 입술을 나타내는 시어로 자주 쓰였다. 열매가 하나의 줄기에 쌍으로 달리기 때문에 가까운 사이나 비슷함을 뜻하는 비유로도 사용됐다. 체리는 헨리 8세 시대에 인기가 높은 과일이었으며, 오랜 시간 처녀성의 상징으로 여겨졌기에 처녀 여왕의 의복에 수놓는 무늬 가운데 하나였다. 그러나 체리 씨 놀이(체리 씨를 구슬처럼 작은 구멍에 던져 넣는 놀이)는 마귀와 관련된 놀이라고 생각했다.

**밤(Chestnut)** - 밤나무는 호두나무와 같이 수백 년 동안 영국 전역으로 퍼져나갔다. 달콤한 맛을 내는 열매는 디저트로 먹거나, 식량이 부족한 겨울철을 대비해 저장

해 두었다 구워 먹기도 했으며, 밤을 구울 때 나는 시끄러운 소리가 페트루치오의 대사에 등장한다. 또한 올랜도의 머리카락 색깔을 붉은빛이 감도는 갈색의 밤으로 묘사했다.

**클로버(Clover)** - 은은한 향기를 내는 클로버는 모래밭이나 들판에 심어 양과 소가 뜯어먹도록 했다. 이전에는 꿀줄기(Honey-stalks)가 클로버를 의미한다고 여겼으나, 최근 연구 결과를 보면 그러한 추측은 18세기에 근거 없이 제기된 주장임을 알 수 있다.

**정향(Clove)** - 동인도에서 수입된 정향나무의 꽃봉오리를 말려 향신료로 썼다. 약용과 식용(애플파이에는 반드시 정향이 들어갔다)으로 쓰였으며, 감귤류 과일에 박아 넣어 포맨더pomander를 만들었다.

**선옹초(Cockle)** - 꽃을 피우는 풀로, 독성을 지녔으나 아름다운 외관 또한 가졌다. 독보리와 마찬가지로 곡식에 섞여들면 손으로 하나하나 골라내야 하는 성가신 풀이다. 은유적으로는 일종의 부패를 상징하여 오펠리아나 간수의 딸 등 정신이 나간 여자의 헛소리에 등장한다.

**콜로신스(Coloquintida)** - '쓴사과'라는 별명으로 불리기도 하지만 실제로는 박의 일종이며, 키프로스나 스페인에서 유래했기에 이아고의 대사에 매우 적절히 쓰인 셈이다. 존 릴리나 로버트 그린 등 셰익스피어와 동시대를 살았던 작가들은 콜로신스의 톡 쏘는 맛과 독성에 주목하였으며, 제라드는 콜로신스를 강력한 설사약이라고 경고했다.

**매발톱꽃(Columbine)** - 야생에서

도 자라고, 정원에서 가꾸기도 했던 매발톱꽃은 매의 발톱을 닮았다 하여 '아퀼레지아(Aquilegia)'라는 이름이 붙었으나, 싸움을 벌이는 비둘기처럼 보이기도 해서 라틴어로 비둘기를 뜻하는 'Columba'에서 유래한 이름인 '컬럼바인(Columbine)'이라고도 불렀다. 그밖에도 "참새가 날아들 때 꽃 피운다" 하여 '첼리도니아(Chelidonia)'로 불렸다는 설도 있는데, 『햄릿』의 5막에서 나오는 '참새의 추락'을 떠올려보면 대단히 흥미로운 주장이다. 다섯 장의 꽃잎 끝부분이 뿔처럼 뾰족해서 '오쟁이'와 관련된 의미로 쓰이기도 했기에 정신이 나간 오펠리아의 대사에는 이러한 의미 또한 내포되어 있다. 랭커스터 가문과 더비 가문의 문장에도 쓰였다. 미나리아재비과에 속해 아코닛과 같이 독성을 띤다.

**코르크(Cork)** - 지중해에서 유래된 나무로, 제라드의 저서 『허벌』에 자세히 설명되어 있다. 두껍고 폭신하며, 가벼운 껍질은 여성용 구두를 만들기에 적합했고, 굽과 따스함을 더하는 안감으로 쓰였기 때문에 엘리자베스 여왕에게 선물로 바치던 귀한 재료였다. 과거에도 오늘날과 같이 병마개로 더욱 널리 쓰였다.

**옥수수(Corn)** - 곡식을 총칭하는 단어로 쓰였으며, 특히 밀, 호밀, 귀리, 보리 등과 같이 빻아서 먹는 곡물을 뜻했다. 셰익스피어 작품에서도 곡식 전반을 나타내는 단어로 쓰여 현대의 독자들에게 혼란을 초래했다. 우리가 일반적으로 알려진 옥수수인 터키 옥수수가 영국에 처음 소개된 때는 16세기이며, 제라드는 1597년 출간된 『허벌』의 표지에 옥수수를 싣고, 그 유래와 터키와 아시아, 아메리카 대륙 등에서

영국으로 들어오기까지의 과정을 상세히 기술했다. 옥수수를 직접 재배한 경험 또한 설명했으나, 영국에서는 17세기 후반에 이르러서야 옥수수를 식용으로 재배하기 시작했다. '곡식'의 값과 조달은 국가의 안정에 주요한 역할을 했다. (「헨리 5세」와 「코리올라누스」에서 묘사된 것과 같은) 곡식 반란은 1590년대에 발발하였고, 이로 인해 1597년 재무상 버글리가 의회에서 "곡식의 높은 값으로 인해 죽어가는 가난한 백성들의 비통한 신음"에 대한 연설을 했다.

**카우슬립(Cowslip)** – 앵초, 큰앵초와 비슷한 카우슬립은 영국의 토종 식물로 봄에 꽃을 피운다. 꽃 중앙의 작고 붉은 점 다섯 개가 특징이며, 이러한 특징이 「심벨린」의 플롯을 이끌어가는 주요 장치로 이용됐다. 또한 오목한 종 모양으로 '요정의 컵'이라는 애칭을 가진 카우슬립을 벌의 쉼터로 묘사하고, 꽃의 맑은 붉은색을 "루비"라고 표현했다. 타티아나의 "키 큰 호위병"이라는 묘사 또한 온전히 허황된 상상은 아니다. 엘리자베스 여왕의 호위병은 '귀족과 농민들 가운데 나라에서 가장 키가 크고 잘 생긴 남자들'로 선발했기 때문이다. 카우슬립은 엘리자베스 여왕의 '무지개 초상'에 그려진 꽃 자수에도 등장한다.

**야생 능금(Crab-Apple)** – 재배종 사과나무의 조상 격인 영국 토종 나무로, 여기에 접붙이기를 해 새로운 사과 품종을 개발했다. 셰익스피어 작품에 여러 차례 등장하며, 주로 신맛 등 부정적인 의미로 쓰였다. 열매는 단단하고 형태가 고르지 못해 익히거나 으깨서 먹었으

며, 즙을 내서 요리나 식재료의 보존, 약재 등으로 쓰이는 일종의 식초를 만들기도 했다. 「라크눈가」에는 야생 능금 나무의 목재가 매우 견고하여 지팡이나 장대를 만들기에 적합하다고 기술되어 있다.

**까마귀꽃(Crowflowers)** – 오펠리아와 화환을 이룬 꽃을 나열하는 거트루드의 대사에서 언급된 까마귀꽃의 정체는 수수께끼이나, 제라드에 의하면 습지에 피는 가는동자꽃(Ragged-Robin)이라고 한다.

**왕패모(Crown Imperial)** – 1580년경 콘스탄티노플을 통해 영국에 전해진 왕패모는 「겨울 이야기」의 목가적인 풍경에 등장한다. 1595년 극작가 조지 채프먼은 「오비디우스의 감각의 향연Ovid's Banquet of Sense」에서 왕패모를 두고 "아름다운 왕패모, 꽃들의 황제"라 했다. 중앙에 무더기로 자라난 초록색 잎사귀 아래로 큼직한 노란색 꽃이 왕관처럼 피며, 전설에 따르면 예수님이 잡혀간 밤에 왕패모를 제외한 겟세마네Gethsemane 동산의 모든 꽃이 슬픔에 고개를 숙였기 때문에 그 뒤로 저주를 받아 영영 고개를 숙이게 되었다고 한다. 이런 전설을 뒷받침하기라도 하듯, 눈물과 비슷한 액체를 내뿜기도 한다. 제라드는 왕패모와 아도니스 꽃이 모두 패모 속에 속한다는 사실을 몰랐던 것으로 여겨지나, 「허벌」의 표지에 왕패모를 실었다.

**황새냉이(Cuckoo-Buds)** – 미나리아재비과의 영국 토종 식물.

**황새냉이(Cuckoo-Flowers)** – 꽃냉이(Lady-Smocks) 참조.

**커런트(Currants)** – 구스베리와 비슷한 영국 커런트는 브리튼 섬 전역에서 찾아볼 수 있는 야생 식물이다. 16세기에 이르러서야 재배가 시작됐으며, 런던의 정원에 자라는 "가시가 없고… 완벽한 붉은색"의 작은 열매라는 제라드의 묘사는 "두 귀족 사촌 형제"의 묘사와 맞아떨어진다. 그러나 엘라콤Ellacombe에 의하면 목자 아들의 장보기 목록에 등장하는 커런트는 코린트Corinth에서 유래한 커머스의 커런트라고 하며, 13세기와 14세기에는 이를 '코린트의 건포도'라 불렀다.

**큐피드의 꽃(Cupid's Flower)** – 팬지(Pansy) 참조.

**꽃차례(Cyme)/센나(Senna)** – 초판본에는 '꽃차례'라 표기되었으나, 이후에 '센나'로 수정되었으며, 초판본에는 아마도 센나의 옛 표기인 'cynne'를 잘못 인쇄한 것으로 추정된다. 센나는 17세기 중반까지 영국에 소개되지 않았지만, 이를 설사약으로 쓴 기록은 고전기 이전부터 존재한다.

**사이프러스(Cypress)** – 이탈리아나 지중해 연안에서 수입된 것으로 알려진 상록수로, 키프로스(Cyprus)라고도 하며, 짙은 잎 색깔과 가느다란 줄기가 특징이다. 방부 작용을 하기 때문에 수납장을 만드는 목재로 쓰였다. 전염병이 돌 때 사이프러스 가지를 흩뿌리는 풍습이 있어서 후에 장례 절차에 쓰이게 됐다. 따라서 슬픔이나 신성함 등 죽음과 관련된 정서를 나타낸다.

# D

**수선화(Daffodil)/나르키소스(Narcissus)** – 삼림 지대에서 자생하던 꽃을 가져와 정원에서 재배했다. 이른 봄에 꽃을 피워 유쾌한 봄의 전령으로 여겼다. 그러나 그리스 신화의 나르키소스와도 관련이 있어 어리석음을 상징하기도 했다.

**데이지(Daisies)** – 영국 토착종으로, 봄과 여름의 전령사로 여겼다. 신선함, 순수, 겸손의 상징이었으나, 꽃이 금방 져버리는 탓에 비탄, 슬픔, 죽음을 상징하기도 했다.

**인스티티아 자두(Damson)** – 자두(Plum) 참조.

**독보리(Darnel)** – 보리를 닮은 잡초로, 밭에서 흔히 찾아볼 수 있으며 독성이 매우 강하다. 독보리의 씨앗이 식용 곡물에 섞여들어가면 술에 취했을 때와 비슷한 망상 증세와 더불어 시야가 흐릿해지는 등의 위험한 증상을 유발한다. 밭에서 독보리를 하나하나 손으로 뽑아 없애는 일 또한 성가시게 여겨졌다. 선옹초(Cockle) 참조.

**대추야자(Dates)** – 이국적인 대추야자 나무의 열매. (남유럽, 북아프리카, 서아시아에서 찾아볼 수 있다.) 과거에는 대단히 귀한 수입 과일이었으며, 앵글로색슨인들은 손가락사과(Finger-Apple)라 불렀다.

**죽은 자의 손가락(Dead-Men's Fing-ers)** – 난초(Long Purples) 참조.

**듀베리(Dewberries)** – 블랙베리보다 일찍 무르익고, 열매가 더 크지만 그 숫자는 적다. 땅 위로 뻗어가는 덩굴이 작다. 월귤(Bilberry) 참조.

**다이애나의 꽃(Dian's Bud)** – 약쑥(Wormwood) 참조.

**소리쟁이(Docks)** – 잎이 넓고 뿌리가 깊은 식물로, 주로 버려진 목초지나 들판의 쐐기풀 근처에서 자란다. 작열감burning sensation을 가라앉히는 진정제로 쓰였다.

# E

**흑단(Ebony)** – 활엽수의 일종으로, 셰익스피어 작품에서는 윤기가 나는 새까만 나무의 색깔로 인해 짙은 색을 묘사할 때 쓰였다.

**들장미(Eglantine)** – 자잘한 가시가 돋친 야생 장미로, 그 어떤 장미 품종보다 더 강렬한 향기로 인해 널리 사랑받았는데, 향기가 꽃이 아닌 잎에서 나며, 그 향을 결코 흉내낼 수 없기 때문에 들장미 향과 똑같은 향수는 찾아볼 수 없다. 튜더 장미와 더불어 엘리자베스 여왕의 상징으로 쓰였다.

**딱총나무(Elder)** – 영국의 숲에서 쉽게 찾아볼 수 있는 토종 나무로, 고약한 냄새를 풍기는 잎과는 달리 꽃에서는 꿀 향기가 난다. 셰익스피어 작품에서는 유다가 딱총나무에 목을 맸다는 전설을 이용한 언어유희가 등장한다. 딱총나무는 '자연의 약상자'로 불렸으며, 그 때문에 여관 주인이 의술의 신 아이스쿨라피우스Aescalapius와 의사 갈렌Galen과 더불어 딱총나무를 언급한 것으로 여겨진다.

**느릅나무(Elm)** – 아름다운 외관과 견고한 목재로 귀하게 여겨진 느릅나무는 오늘날 병충해로 인해 영국에서는 멸종 상태다. (되살리려는 시도는 이루어지고 있다.) 로마인들은 포도원에 느릅나무를 심었으며, 오비디우스는 느릅나무와 이를 타고 자라는 포도덩굴을 연인 사이로 묘사하곤 했다.

**에링고(Eringoes)** – 씨홀리(Sea Holly)라고도 하며, 다양한 약재로 쓰이는 채소로 재배되었다. 문학 작품에서 셰익스피어가 최초로 언급했다. 대표적인 최음제였던 고구마와 머스크 향의 사탕과 함께 뿌리가 달콤한 에링고가 폴스타프의 대사에 등장한다.

# F

회향(Fennel) - 강인한 다년생 허
브로, 아니스 씨앗과 같은 자극적
인 향기를 지녀 소화제로 쓰였다.
회향 씨앗을 씹으면 배고픔을 달랠
수 있었으며, 콩류를 주로 섭취하
던 당시의 식생활로 인해 구풍제로
도 널리 쓰였다. 아홉 가지 신성한
약초 가운데 하나로 귀하게 여겼으
나, 제라드의 「허벌」에는 등장하지
않는다. 아마도 당시 매우 잘 알려
진 식물이었기 때문에 군이 서술할
필요를 느끼지 못한 것 같다.

고사리(Fern)/고사리 씨(Fern-Seed)
-「헨리 4세 제 1부」의 대화에는
고사리 씨가 눈에 보이지 않기에(
실제로는 씨앗 대신에 아주 작은 포자
가 있다) 식물의 외형에 따라 그 효
능도 결정된다는 설이 반영되었다.
고사리 씨를 가지면 세례 요한 축
일 전날 밤 단 하루 동안 투명인간
이 될 수 있다는 일종의 미신을 바
탕으로 한 것이다.

김의털(Fescue) - 영국에 자생하는
풀로, 긴 막대 모양의 교편으로 사
용됐다. (1607년 발표된 작자미상의
희곡「청교도인The Puritan」에 비슷한
예시가 등장한다.)「두 귀족 사촌 형
제」에서 언급된 '막대'에는 성적인
암시가 담겨 있다. 풀(Grasses) 참조.

무화과(Fig) - 무화과는 약용 이외
에도 그 선정적인 모양과 최음 작
용으로 인해 외설적인 농담의 소재
로 흔히 쓰였다. 엘라콤은 무화과
에 대하여 무척 특별한 점을 밝혀

냈다. 무화과는 "과일도, 꽃도 아니
며, 두 가지 성질을 모두 지녔다...
다육질의 꽃받침이 다수의 꽃을 감
싸고 있으며, 이들 꽃은 한 번도 빛
을 보지 않고도 온전히 무르익는
다." 그러나 목사였던 엘라콤은 피
스톨의 대사에 담긴 의미를 설명하
지 않았다. 피스톨은 대사와 함께
엄지와 검지 사이로 반대편 엄지손
가락을 밀어 넣는 손짓을 하는데,
이는 가운데 손가락을 들어 보이거
나, 앞니 사이로 엄지손가락을 물
어 보이는 오늘날의 욕설과 비슷한
의미이다. 이러한 모욕적인 몸짓은
스페인에서 유래했기 때문에 몸짓
과 함께 무화과를 스페인어로 말하
면 더욱 심한 욕설이 된다.

개암열매(Filbert)
- 개암나무(Hazel) 참조.

붓꽃(Flags) - 주로 습지에서 발견
되는 노란색 영국 자생 붓꽃으로
추정되나, 물가에 서식하는 갈대나
골풀을 말하는 것일 수도 있다. 백
합 문장(Flower-de-luce) 참조.

아마(Flax) - 아마는 암흑시대 이
전부터 재배되었으며, 아마실을 이
용해 돛천이나 밧줄, 리넨 등을 짜
거나 린시드유(linseed oil)로 만들었
다. 불에 대단히 잘 타며, 누런 빛
깔의 아마실을 머리카락에 비유하
곤 했다. 라틴어로 '리눔 우시타티
시뭄(Linum usitatissimum)'이라 하며,
실을 잣거나 리넨(linen)을 짜는 용
도로 쓰였다는 사실로 미루어 보아

「템페스트」에서 언급되는 "줄나무
숲(Line-grove)"가 아마 밭을 말하는
것일 수도 있다. 줄나무(Line Tree/
Linden) 참조.

백합 문장(Flower-de-luce/플뢰르
드 리스(Fleur-de-lis) - 프랑스를
상징하는 플뢰르 드 리스는 백합이
나 붓꽃에서 기원했으리라 여겨진
다. 프랑스어로 '리스(lys)'는 백합을
말하나, 붓꽃은 오랜 시간 왕위의
상징이었다. 에드먼드 스펜서와 프
랜시스 베이컨, 벤 존슨도 플뢰르
드 리스를 붓꽃이라고 서술했다.
신뢰와 용기, 지혜를 상징하며, 어
떤 식물에서 기원했든 문장 그 자
체로 의미를 가진다.

현호색(Fumiter) - 겉모습은 아름
다우나 곡식밭에 큰 피해를 초래할
수 있어 달갑지 않은 식물이었다.

고랑풀(Furrow-Weeds) - 밭의 고
랑에서 자라는 모든 잡초를 의미한
다. 선용초(Cockle), 독보리(Darnel),
현호색(Fumiter), 풀(Grasses) 참조.

가시금작화(Furze) - 프로스페로
의 거친 섬에 자라는 가시금작화는
날카로운 잎과 꽃이 촘촘한 관목
이 넓게 뻗어나가며, 산성 토양이
나 황야에서 특히 잘 자란다. 셰익
스피어는 거친 야생의 느낌에 주목
했다. 가시(Thorns), 금작화(Broom),
찔레(Brier) 참조.

# G

**마늘(Garlic)** – 피를 맑게 하고, 감기를 예방하는 효능을 지녔다고 알려졌으며, 고기 요리나 수프, 스튜 등에 풍부한 맛을 더하는 식재료로 쓰였다. 알싸한 맛을 가진 백합과 식물로, 가난한 사람들이나 이민자와 연관된 의미로 사용됐다. 주술의 재료로도 알려졌다. 그보다는 강한 향으로 인해 불쾌한 구취나 체취를 유발하는 특징으로 더 유명해서 보팀도 배우들에게 마늘을 먹지 말라고 주의를 준다.

**길리버(Gillivors)** – 패랭이꽃속의 식물로 정향과 비슷한 향기가 나는 꽃을 피운다. 카네이션(Carnations) 참조.

**생강(Ginger)** – 영국인들에게 친숙한 식물이나 영국 토종은 아니다. 여러해살이 덩이뿌리 식물로, 동인도에서 수입되었다. 음식이나 음료에 열기를 더한다고 알려져 단조로운 음식에 풍부한 맛을 더하는 귀한 식재료였다. 약용이나 생강 쿠키(진저브레드)의 재료로 널리 쓰였다.

**구스베리(Gooseberry)** – 커런트와 같은 과에 속하며, 크고 달콤한 열매를 얻기 위해 재배됐다. 초록빛을 띠는 열매는 거위(goose)와는 아무 관련이 없으므로 셰익스피어 작품에서 "구스"라 하면 구스베리를 줄여 부르는 것이다. 이로 인해 독자들이 혼란을 겪곤 했으며, 특히 색깔만을 표현하는 경우에는 혼란이 가중됐다. 그러나 셰익스피어는 중의적 표현을 즐겨 사용했기에 "구스"는 구스베리와 거위, 매춘부를 모두 뜻할 수도 있다. '구스베리'라는 명칭은 프랑스어나 이탈리아어 명칭을 영어식으로 나타낸 단어이거나, '크로스베리(Crossberry)'가 변질되었을 수도 있다. 과거에는 전염병이 돌 때에 구스베리를 섭취하도록 했다.

**박(Gourd)/호박(Pumpion)/매로우 (Marrow, 긴 호박)/조롱박(Curbita)** – 박과에 속하는 여러 채소들이다. 메론이나 오이 등 박과의 식용 채소를 통틀어 호박(Pumpion)이라 일컬었으며, 포드 부인의 대사에 등장하는 "물호박"이 이러한 경우에 속한다. 「아테네의 타이먼」에 등장하는 매로우 또한 박과에 속한다. 피스톨이 말하는 "박"은 사실 작은 박의 껍질을 말려 만든 주사위의 일종을 뜻한다.

**포도(Grapes), 건포도(Raisins) (덩굴 (Vine) 참조)** – 덩굴에서 열리는 열매인 포도는 와인과 동의어로 쓰이기도 했으며, 베리나 과일을 총칭하는 단어로도 사용됐다. 포도를 말린 건포도는 '무스카텔(muscatels)'이라고도 하며, 따거나 말리기 전에 나무에 달린 포도 또한 무스카텔이라 부를 수 있다.

**풀(Grasses)/여물(Stover)/김의털 (Fescue)/꿀줄기(Honey-stalks)** – 초원이나 들판에 자라는 목초, 다시 말해 벼과에 속하는 10,000개 이상의 종을 모두 일컫는다. 이들 식물은 성장이 빠르며, 발에 짓밟혀도 금세 다시 일어선다. 따라서 풀은 왕성한 기운, 자족, 재생을 상징한다. 셰익스피어 작품에서는 여자와 아이들을 살육하는 잔혹한 장면의 비유부터 완곡한 시적 표현까지 무궁무진하게 쓰였다. 이 책에서는 꿀줄기를 풀에 포함하였는데, 최근 연구를 통해 꿀줄기란 그저 양들이 즐겨 먹는 촉촉한 풀을 지칭하는 말일 수 있다는 점이 밝혀졌기 때문이다. 클로버(Clover), 김의털(Fescue) 참조.

# H

**헤어벨(Harebell)** – 「심벨린」의 "헤어벨"이 큰앵초(Primrose)와 함께 피는 블루벨인지, 혹은 헤어벨이라는 속명을 가진 야생 히아신스인지를 두고 열띤 논쟁이 벌어졌다. (야생 히아신스에는 "핏줄"을 닮은 무늬가 있다.)

**산사나무(Hawthorn)/오월 나무(May Tree)** – 봄의 전령으로 사랑받는 산사나무는 5월제가 열리는 시기에 꽃을 피우며, 목동의 쉼터이기에 시골 사람을 지칭하기도 한다. 가시가 많아 지압용으로 쓰였으며, 마법의 힘을 지닌 요정의 나무라 여겨졌다. 붉은 열매는 '뻐꾸기 구슬'이라고도 부르며, 심장을 강하게 만드는 강장제로 쓰였다.

**개암나무(Hazel)/개암열매(Filberds, Filberts, Philbirtes)** – 열매를 얻고, 생울타리로도 활용했다. 윗부분의 유연한 가지를 잘라 수맥을 찾는 용도로 쓰였기에 마법의 힘을 지녔다고 알려졌다. 셰익스피어 작품에서 열매(Nut)는 주로 개암열매를 뜻한다. 아몬드(Almond), 밤(Chestnut), 호두(Walnut) 참조.

히스(Heath) - 히스, 헤더, 벨 헤더, 링 등 황야에 자라는 다양한 토종 관목과 풀을 말하며, 황야 자체를 일컫는 말로도 쓰인다. 옛 영국인들은 자연 그대로의 황야를 매우 아름답다 여겨서 그 풍경을 흉내 내 정원을 가꾸기도 했다.

헤베논(Hebenon)/헤보나(Hebona) -햄릿의 아버지를 죽인 독의 정체는 수수께끼를 풀고자 하는 많은 이들에게 언제나 화젯거리였다. 이 책의 저자들 또한 이 수수께끼에 매료되어 나름의 해답을 찾아냈으나, 독자들 스스로 생각해볼 수 있도록 여기에 후보로 거론되는 독을 모두 나열한다.

- 초판본에는 독의 이름이 헤베논이다. 헤보나는 이후 「햄릿」의 4절판에 등장한다. 그러나 희곡의 영감이 된 여러 문헌 그 어디에도 그러한 이름의 독은 등장하지 않으며, 온전히 셰익스피어 홀로 창작한 요소라 여겨진다.

- 크리스토퍼 말로우Christopher Marlowe의 희곡 「몰타의 유대인The Jew of Malta」에는 "헤본의 즙"이라고 하는 치명적인 독이 등장한다.

- 시인 에드먼드 스펜서Edmund Spencer의 「요정 여왕The Fairie Queene」에는 "쓰디쓴 즙을 내는 나무와 슬픈 헤벤", 나무를 깎아 만든 "무시무시한 헤벤 화살", "헤벤 나무 창" 등의 구절에 신비로운 헤벤 나무가 등장한다.

- 셰익스피어에게 영감을 주었다고 널리 알려진 14세기 시인 존 가워John Gower의 「사랑의 고백(Confessio Amantis)」에는 "헤베누스의 나른한 나무", "나른한 그 귀를 뚫고"라는 구절이 있다.

「햄릿」의 "헤베논"에 영감을 주었을 것으로 생각되는 문헌에 등장하는 독은 위와 같으며, 헤베논이라 추측할 수 있는 식물은 다음과 같다.

- 미치광이 뿌리(Insane Root) -「맥베스」에 등장하며, 학자들은 이를 '사리풀(Henbane)'이라 짐작한다. 제라드는 인사나(Insana)라고 불렀다. 그러나 사리풀을 뜻하는 '헨베인(Henbane)'과 '헤보나'와 발음이 비슷하다는 이유만으로 그것이라고 단정 지을 수는 없다. 게다가 사리풀 독이 유발하는 증상은 「햄릿」의 망령이 말한 증상과는 다르다.

- 흑단(Ebony) - 에본(Ebon)이라고도 하여 위와 마찬가지로 '헤보나'와 발음이 비슷하지만 당시 흑단나무는 진귀한 수입 식물로 쉽게 찾아볼 수 없었고, 흑단나무의 수지를 정제하기란 매우 어려운 일이었다. 그리고 사람을 죽일 만큼 맹독성을 가진 것도 아니다.

- 독미나리(Hemlock) - 와인에 타서 마시면 독성이 더욱 빠르게 퍼진다. 그러나 독미나리 또한 독으로 인해 유발되는 증상이 맞아 떨어지지 않는다.

- 아코닛(Aconite) - 아코닛 독은 후보로조차 여겨지지 않는다. 독으로 인해 나타나는 증상이 망령이 설명한 증상과 다른 탓이 크다. 로미오가 마신 독이라는 추측도 있으나, 마찬가지로 증상이 다르다. 소량을 마시면 사

지가 마비되어 혼수상태에 빠지기 때문에 로렌스 수사가 줄리엣에게 건넨 약일 수는 있다.

- 벨라도나(Deadly Nightshade) - 고대 영어로는 '에노론(enoron)'이라 불렸다. (헤베논과 비슷하게 들릴 수 있다.) 비교적 쉽게 구할 수 있는 독으로 잘 알려졌으나, 어지럼증과 망상, 경기 등의 증상을 유발한다.

- 주목(Yew) - 나무라는 점에서 앞서 소개한 옛 문헌의 '헤벤'일 수 있다. 또한 피부가 굳어지고, 독사에 물린 것으로 착각할 수 있는 등 독으로 유발되는 증상이 망령이 말한 것과 일치한다. 그리고 햄릿의 아버지라면 당연히 고대에 쓰이던 이름을 말했을 것이다.

독미나리(Hemlock) - 당근, 회향, 카우 파슬리와 같은 과에 속한다. 독미나리의 독성은 소크라테스의 자살 이야기로 인해 널리 알려졌다. 소량이라면 진정제나 해독제로도 쓰일 수 있으나, 적정량을 조금만 초과해도 마비가 오거나 죽음에 이르게 된다. 독초와 마법의 관계를 생각하면 「맥베스」의 마녀가 독미나리를 사용한다는 사실도 그리 놀랍지 않다. 마녀의 대사는 독초를 밤에 캐내면 효과가 더욱 강력해진다는 미신에 기인한 것이다. 사리풀(Hebenon/Hebona), 미나리 줄기(Kecksies) 참조.

삼(Hemp) - 삼은 섬나라인 영국에서 특히 수요가 높아 널리 재배됐다. 실을 이용해 캔버스나 밧줄(교수형에 쓰인 올가미 포함), 뻣뻣한 천

을 만들었다.

**은총의 허브(Herb of Grace)**
– 루(Rue) 참조.

**호랑가시나무(Holly)** – 성장 속도
가 느린 상록수로, 아름다운 붉
은 열매와 날카로운 잎이 특징이
다. 수꽃과 암꽃이 각각 다른 나무
에서 피기 때문에 무리 지어 심어
야 한다.

**홀리티슬(Holy Thistle)** – 카르두
스 베네딕투스(Carduus Benedictus)
참조.

**꿀줄기(Honey-Stalks)** – 클로버
(Clover), 풀(Glasses) 참조.

**인동(Honeysuckle)/인동덩굴
(Woodbine)** – 인동은 관능적인 향
기가 나는 덩굴식물이다. 단단히
뒤엉켜 자라는 특성과 자극적인 향

으로 인해 열정적이고 굳건한 사랑
의 상징이었다.

**히솝(Hyssop)** – 향기가 나는 허브
이지만 맛은 쓰다. 타임과 함께 심
으면 서로 성장을 촉진해 더욱 빨
리 자란다고 여겼으나, 이아고는
히솝을 키우고 타임을 뽑아낸다
고 말한다.

# I

**미치광이 뿌리(Insane Root)** – 「맥
베스」에서 "우리가 미친 것이냐?"
고 묻는 뱅코우의 대사에 등장한
다. 로마의 자연 철학자 플리니우
스Pliny가 "정신을 공격한다"고 했
던 독초 사리풀을 가리키는 것으로
여겨진다. 미치광이와 같은 망상

증세를 일으키나, "정신병자를 위
한 위험한 진정제"로도 쓰였다. 사
리풀(Hebenon/Hebona)) 참조.

**담쟁이(Ivy)** – 영국 토종 덩굴식물
로, 다른 식물 등에 휘감아 자라는
특성 때문에 여성이라 여겨졌다.

잎의 초록 빛깔이 변하지 않아 불
멸을 상징하나, 셰익스피어 작품에
서는 단단히 뒤엉켜 걷잡을 수 없
이 자라나는 특성 또한 문학적 비
유로 사용했다.

# K

**미나리 줄기(Kecksies)** – 솜털이 있
는 줄기가 덩굴처럼 뻗어 나가는
키 작은 식물이다. 금어초를 닮은
작은 꽃이 상당히 아름답다. 비비
안 토마스와 니키 페어클로스의 「
셰익스피어의 식물과 정원 사전」에
는 "「헨리 5세」에서 영국의 침략으
로 황폐해진 프랑스의 풍경을 묘사
할 때에 한 차례 등장한다"고 쓰였

다. 한때는 독미나리의 통속적 명
칭이라 생각됐으나, 학명 *Kickxia
spuria*로 알려진 이 식물은 둥근 잎
플루엘린이라는 속칭이 따로 있으
며, 「헨리 5세」의 등장인물인 플루
엘런Fluellen은 키가 작고 털이 많은
외모가 식물의 외관 묘사와 상당히
비슷하다.

**마디풀(Knot-Grass)** – 풀이 아니라
땅이나 벽 등을 타고 자라는 마디
진 잡초이다. 땅 위로 뻗어나가면
서 다른 식물을 옥죄어 죽이며, 퇴
치가 어렵다. 마디풀을 달여서 마
시면 발육을 저해한다고 여겼다,

# L

**꽃냉이(Lady-Smocks)/황새냉이
(Cuckoo-Flowers)** – 목초지에서
자라는 꽃으로, '여성의 옷'이라는
뜻의 이름 '*Lady-Smock*'은 들판에
빨래를 넣어 말리던 관습에서 유래
한 것으로 여겨진다. (특히 라벤더
밭에 빨래를 넣곤 했다.) '뻐꾸기 꽃'

이라는 뜻의 또 다른 이름 '*Cuckoo-
Flowers*'는 뻐꾸기가 돌아오는 3월
25일 성모 영보(領報) 대축일 즈음
에 꽃을 피우기 때문에 붙여졌다.
엘리자베스 여왕 시대에는 3월 25
일이 달력의 연도가 바뀌는 새해
첫날이었다.

**제비고깔(Lark's-Heels)** – 「두 귀
족 사촌 형제」의 노래에 한 차례 등
장한다.

**라벤더(Lavender)** – 라벤더는 반듯
한 기하학적 형태로 가꾼 생울타리
안에 이국적인 수입 식물을 길러

자랑하던 엘리자베스 여왕 시대의 장식 정원에서 흔히 찾아볼 수 있었다. 악취를 제거하고, 옷을 향긋하게 하는 용도나 향기로운 진정제로도 썼다. 고온에서 잘 자라기 때문에 페르디타가 "뜨거운 라벤더"라고 말한다.

**가죽껍질(Leather-Coat)** – 사과(Apple), 캐러웨이(Caraway) 참조.

**부추(Leek)** – 백합과에 속하며, 재배가 쉬워 가난한 사람들의 주식이었다. 셰익스피어는 부추의 푸른 색깔과 부추가 웨일스의 상징이라는 점을 이용하여 재미를 더했다.

**레몬(Lemon)** – 요리와 향수 제조에 널리 쓰였다. 오렌지나 레몬에 정향을 꽂아 포맨더를 만들기도 했다. 애인을 뜻하는 단어 *'leman'*과 혼용한 언어유희도 찾아볼 수 있다.

**양상추(Lettuce)** – 텃밭의 기본적인 재배 식물로, 샐러드에 들어가는 푸른 채소를 총칭하기도 한다. 양상추는 식욕을 돋우고, 소화를 원활하게 하며, 숙취를 완화하는

효과가 있다. 또한 최음제이자 성욕 억제제로도 쓰였다.

**백합(Lily)/은방울꽃(Lily of the Valley)** – 백합은 흰색, 투명한 피부, 가녀린 손가락, 처녀성 등을 나타내는 시어로 쓰였다. 겁쟁이를 의미하기도 한다. 하얀 은방울꽃 또한 비슷한 의미를 나타내며, "가지처럼 가녀려"라는 대사에 더 적합하다.

**줄나무(Line Tree)/피나무(Linden)** – 「템페스트」에 세 차례 등장하며, 그 가운데서 에리얼의 대사를 통해 향기로운 피나무를 뜻한다고 추측할 수 있다. 그러나 피나무는 (지중해) 섬의 기후에서는 잘 자랄 수 없고, 나머지 두 개 대사는 나무에 널어놓은 빨래를 가리키며, 아마를 'Line'이라 부르기도 했다는 점을 고려하면 잘못된 추측을 해왔을 가능성도 있다.

**로커스트(Locust)/캐롭나무(Carob Tree)** – 이국적인 캐롭나무에 열리는 로커스트는 감미료로 쓰였다. 초콜릿과 비슷한 맛이 난다. (초콜릿이 영국에 소개된 때는 1650년대이

며, 엘리자베스 여왕 시대는 초콜릿이 알려지기 전이다.) 원산지는 지중해 지역이며, 그 가운데도 스페인과 키프로스에서 주로 자랐기 때문에 이아고의 비유는 지리학적으로도 정확했던 셈이다.

**롱 퍼플(Long Purples)/죽은 자의 손가락(Dead-Men's Fingers)** – 거트루드가 오펠리아의 죽음을 알리면서 나열하는 여러 식물 가운데서도 가장 논란이 되었던 꽃이다. 그러나 "천한 목동들은 상스러운 이름으로" 부른다는 말을 통해 쿠쿠핀트(Cuckoo-pint)라고 하는 야생 아룸속 식물이라고 짐작해볼 수 있으며, 길쭉하고 보라색을 띤다. 죽은 사람의 손가락이나 보다 은밀한 신체 부위처럼 보이는 외관이 거트루드의 설명과 잘 맞아 떨어진다. 셰익스피어 탄생지 재단의 레비 폭스 박사Dr.Levi Fox도 이전에 롱 퍼플의 정체로 알려졌던 '봄에 피는 보랏빛 난초'보다는 새로이 제기된 주장이 셰익스피어의 뜻을 더 "정확히 전달한다"고 말했다.

# M

**메이스(Mace)** – 너트멕(Nutmeg) 참조.

**아욱(Mallow)** – 주로 황무지에서 발견되나, 재배도 가능하다. 셰익스피어 작품에는 성가신 잡초로 한 차례 언급된다.

**맨드레이크(Mandrake)/만드라고라(Mandragora)** – 마약작용을 하는 독초로, 여러 갈래로 갈라진 뿌리는 사람처럼 묘사되어 땅에서 파내

면 비명을 지른다고 한다. 영국에는 16세기에 소개된 것으로 여겨지나, 그보다 훨씬 오래 전부터 맨드레이크를 약용으로 썼다. 맨드레이크는 식물을, 만드라고라는 그 식물로 만든 약을 가리키나, 두 명칭을 바꾸어 사용하기도 한다. 건강에 여러 이로운 작용을 하지만, 양귀비와 함께 복용하면 위험하다.

**메리골드(Marigold)/메리꽃(Mary-Bud)** – 메리꽃은 「심벨린」의 클로

튼이 메리골드를 부른 이름이다. 메리골드는 태양을 쫓아 피고 지는 특성이 있으며, 비슷한 특성을 보이는 다른 식물을 메리골드라고 부르기도 한다. 머리카락 염색약으로 쓰였으며, 값비싼 사프란을 대신해 요리에 색과 맛을 더하기도 했다. 죽음과 부활, 소망을 상징한다.

**마조람(Marjoram)** – 기본 요리 재료와 바닥에 흩뿌리는 용도로 쓰이던 허브이다. 영국 토종 식물로, 머

리를 맑게 하고, 우울감을 완화하며, 방광염을 치료하는 등 다양한 효능을 가졌다. 해독제로도 썼다. 작은 꽃다발로 묶어 청결하지 못한 16세기 거리를 거닐 때에 코에 대고 향기를 들이마셔 악취를 가리기도 했다.

**메로우(Marrow)** - 박(Gourd/Pumpion) 참조.

**양모과(Medlar)** - 셰익스피어 작품 곳곳에서 은유로 쓰인 과일이다. 적갈색의 작은 열매는 부패되어 물러져야만 먹을 수 있기 때문에 셰익스피어 작품에서 성적인 암시를 담은 말장난의 소재가 되었다. 학자들은 그동안 양모과가 등장하는 장면마다 여성의 성기를 뜻하는 은유라고 해설을 달았지만 최근의 해설자들은 그렇지 않다고 말한다. 양모과는 프랑스어로 'cul de chien(개의 항문이라는 뜻)'이며, 영국에서는 속어로 'open-arse(드러난 항문)'이라고 불렀다. 따라서 머큐시오가 로미오에게 그의 "포퍼린 배"를 어디에 넣으라고 놀려대는 것인지 정확히 알 수 있다. 이러한 사실을 알고 나면 양모과가 등장하는 장면들을 보다 잘 이해할 수 있다. 과일의 생김새를 직접 보면 더욱 이해가 쉽다.

**박하(Mint)** - 주요 식재료와 바닥에 흩뿌리는 용도로 쓰이던 허브이며, 다양한 종마다 가지는 다른 효능에 대해 잘 알고 있는 요리사와

의사들은 박하를 널리 사용했다. 박하의 약효는 무궁무진하다.

**겨우살이(Mistletoe)** - 기생 식물인 겨우살이는 사과나무, 참나무, 포플러나무, 피나무 등 여러 나무의 꼭대기 부분에서 발견된다. 수호의 마력을 지녔다고 해서 드루이드Druids 사제들의 사랑을 받았다. 스칸디나비아에서는 평화의 신이 겨우살이가 화살을 맞아 죽었으며, 그가 되살아난 뒤에는 겨우살이가 '사랑의 여신'의 보호를 받았다고 해서 파괴의 도구가 사랑의 전령으로 거듭났음을 기리고자 겨우살이 아래에서 키스를 하는 풍습이 있다.

**이끼(Moss)** - 참이끼는 축축한 곳의 돌이나 나무 위에 넓게 자란다. 이끼를 뜯어 지붕을 이기도 했으며, 가축의 잠자리에 깔았다. 연륜, 덕망, 방탕, 난폭, 무덤 등을 상징한다.

**오디(Mulberries, 뽕나무)** - 흰 뽕나무와 검은 뽕나무 모두 무화과와 같은 과에 속한다. 흰 뽕나무는 성장이 빠르며, 로마인들이 여신 미네르바에게 바쳤다는 검은 뽕나무는 느리게 자라고, 열매가 매우 연약해서 살짝만 만져도 즙이 배어난다. 셰익스피어 작품의 모티브가 된 오비디우스의 「변신이야기」에는 흰 뽕나무가 나오기 때문에 티스베에게 그늘을 드리운 뽕나무도 흰 뽕나무였을 것이다. 1609년 제

임스 왕은 원대한 야망을 품었다. 실크 무역에 뛰어들고자 뽕나무 10만 그루를 구입해 누에를 풀었던 것이다. 하지만 제임스 왕이 구입한 나무는 검은 뽕나무였다는 것이 문제였다. 누에는 흰 뽕나무 잎만 먹는다.

**버섯(Mushroom)/독버섯(Toadstool)** - 버섯(Mushroom)은 식용 버섯을, 독버섯(Toadstool)은 독성을 지닌 버섯을 가리킨다. 버섯은 매우 빠르게 자라나기 때문에 밤사이 요정들이 풀밭에서 춤을 춘 흔적이라고 여겼다.

**겨자(Mustard)** - 양배추와 같이 겨자과에 속한다. 영국 토종인 흑겨자를 비롯해 여러 종을 모두 겨자라 부르며, 모든 종이 소스의 재료로 쓰인다. 폴스타프의 대사에서 언급되는 튜크스베리는 소스가 만들어진 지역을 나타낸다. 겨자 연고는 습포제로 썼다. 성경에 나오는 겨자씨의 비유는 겨자씨가 대단히 작다는 점에 기인했으며, 티타니아의 시중을 드는 요정 겨자씨 또한 매우 작았을 것이다.

**머틀(Myrtle)** - 키 작은 상록수로, 짙은 빛깔의 윤기 나는 잎과 부드러운 가지, 미색의 향기로운 꽃이 특징인 나무이다. 머틀의 꽃으로 엮은 화환과 다발로 결혼식장을 장식하는 전통이 있으며, 이는 아마도 머틀이 비너스 여신에게 바쳐진 나무이기 때문일 것이다.

# N

**나르키소스(Narcissus)** - 수선화(Daffodil) 참조.

**쐐기풀(Nettles)** - 넓은 목초지에

자라는 쐐기풀은 (아홉 가지 신성한 약초 가운데 여섯 번째이지만) 피부에 닿으면 작열감을 동반한 통증을 일으킨다. 비슷한 성질을 가진 식물

을 모두 쐐기풀이라 통칭하기 때문에 이를 이용한 여러 은유를 찾아볼 수 있다. 그러나 쐐기풀에 쏘여도 너무 걱정할 필요는 없다. 주변

에 자라는 소리쟁이 잎으로 쉽게 증상을 완화할 수 있기 때문이다.

너트멕(Nutmeg)/메이스(Mace) - 동인도에서 유래한 단단한 씨앗을 너트멕, 붉은빛의 껍질을 말린 것을 메이스라고 한다. 두 가지 모두 귀한 향신료이며, 요리에 깊은 맛을 더하거나, 약용으로 쓰였다.

# O

참나무(Oak) - 거대한 크기와 긴 수명, 튼튼한 목재로 잘 알려진 참나무는 힘, 신뢰, 지구력, 견고함, 강인함 등을 상징한다. 도토리가 달린 참나무 관은 승리를 의미하며, 참나무는 미래를 위한 투자를 의미하기도 했다. 강인한 기상으로 인해 '제우스의 나무'라 불리기도 했다. 곤자가 가문(Gonzaga family) 덕에 르네상스의 작은 아테네라 불리는 이탈리아 사비오네타(Sabbioneta)에는 "공작의 참나무"(「한여름 밤의 꿈」)가 존재한다. 「윈저의 즐거운 아낙네들」에 등장하는 "사냥꾼 참나무"는 리처드 2세 시대에 살았다고 전해지는 사냥꾼 헌의 전설에서 유래했다.

귀리(Oats) - 식재료와 사료로 쓰이던 곡물로, 밀보다 재배가 쉬워 값이 싸고, 덜 귀하게 여겼다. 귀리에는 시골 사람이나 물건을 깔보는 의미가 담겨 있다. 귀리 짚을 이용해 투박한 피리를 만들기도 했다.

올리브(Olive) - 올리브는 그리스 신화 시절부터 평화의 상징이었다. 영국에서는 올리브 나무가 널리 재배되지는 않았으나, 열매와 기름은 귀하게 쓰였다.

양파(Onion) - 부추와 마늘과 같은 과에 속하는 식물로, 생으로 먹거나 다양한 요리에 쓰였다. 일반적으로 가난한 이들의 식재료로 여겨졌다. 불쾌한 구취와 눈물을 유발

하는 성질은 셰익스피어 시대보다 훨씬 이전부터 알려져 있었다.

오렌지(Orange) - 영국에서 재배된 첫 감귤류로, 16세기에 이르러서는 흔한 작물로 자리했다. 스페인에서 대량으로 수입되었으며, 극장에서 간식으로 팔았다. 오렌지를 파는 여자 상인은 매춘부보다 조금 나은 취급을 받았다.

앵초(Oxlip) - 카우슬립, 큰앵초와 비슷한 앵초는 짙은 노란색을 띠며, 꽃이 모두 한 방향으로 고개를 숙인다. 영국 동부를 벗어난 곳에서는 거의 발견되지 않는다.

# P

종려나무(Palm) - 열대 기후에서 자라며, 성지를 방문하고 돌아오는 순례자들은 머리에 종려나무 잎을 달았다. 종려 주일에는 종려나무 가지를 손에 들었다. (종려나무 가지를 구할 수 없을 때는 버드나무 가지로 대체했다.) 종려나무는 고대부터 평화와 승리를 상징했다.

팬지(Pansy)/러브인아이들니스(Love-in-idleness) - 셰익스피어의 러브인아이들니스는 영국 토종 야생 팬지였을 것으로 추측된다. 오펠리아도 말했듯, 팬지라는 이름은 '생각'을 뜻하는 프랑스어 단어 'pensées'에서 유래됐다. 팬지는 심장병 치료제로 쓰였다. 따라서 팬

지를 '사랑의 묘약'으로 묘사한 것은 아주 적절했던 것이다.

파마세티(Parmaceti) - 제라드는 냉이의 즙이 내출혈을 멎게 하는 효능을 가졌다고 했다. 그러나 핫스퍼가 말하는 "상처"는 신체의 상처가 아닌 마음의 상처를 의미하는 것일 수 있다.

파슬리(Parsley) - 텃밭에서 흔히 기르던 잎채소로, 고기 요리나 수프, 스튜 등에 산뜻한 맛을 더한다.

복숭아(Peach) - 셰익스피어 작품에는 복숭아의 색깔만이 언급되기 때문에 사실 이 책에서 제외될 수

도 있었지만, 엘리자베스 여왕 시대에 복숭아는 잘 알려진 과일이었다. 엘리자베스 여왕은 제노바에서 가져온 복숭아를 일곱 번 이상 선물 받았다고 한다. 물론 복숭아색 의복은 그보다 더욱 자주 선물 받았다. (존 왕은 복숭아를 지나치게 많이 먹어 죽었다고 하니 과일보다는 옷이 안전한 선물이었을 것이다.) 셰익스피어 작품에서는 비단과 양말의 색깔을 가리키지만, '고발하다'라는 뜻의 단어 'impeach'와 각운을 맞추고자 한 의도 또한 엿볼 수 있다.

배(Pear)/요리용 배(Warden) - 사과와 더불어 흔히 접할 수 있는 과일이었으나, 섬세한 과육으로 인해

사과보다 더 귀하게 여겨졌다. 사과와 마찬가지로 여러 은유적 표현에 쓰였으며, (배를 자궁에 비유한 파롤레스의 대사처럼) 성적인 암시가 대부분이다. 포퍼링 또는 머큐시오가 양모과 이야기를 할 때 언급되는 "포퍼린 배"는 플라망어 이름을 가진 과일로, "pop her in"과 발음이 비슷해 성교를 암시하는 언어유희로 쓰였다. 요리용 배는 빵이나 파이를 만들 때에 쓰였다.

**완두콩(Peas)/완두꼬투리(Peascod)/완두꽃(Peaseblossom)/풋콩(Squash)** - 갓 딴 콩은 별미였으나, 텃밭에서 재배한 콩은 가축의 여물이나 평민들의 식재료로 쓰였다. 겨울을 대비해 건조했다가 물에 불려 먹을 수 있는 유용한 식량이었다. 꼬투리 안에 들어있는 콩은 성적인 농담의 소재로 널리 쓰였다. 어린 콩은 '풋콩(Squash)'이라고 불렸다. 요정 "완두꽃"은 그 이름으로 미루어 보아 작고 앙증맞은 꼬마요정이었을 것이다.

**작약(Peony)** - 수년 동안 여러 편집자들과 학자들은 「템페스트」의 대사 "파헤쳐지고(pioned) 고랑 진(twilled) 당신의 강변…"에서 "pioned"라는 단어를 "peony(작약)"로 잘못 해석하곤 했다. 있지도 않은 꽃을 찾으려고 헛된 욕심을 부려 "twilled"를 "tulip'd(튤립 핀)"이나 "willow'd(버드나무 자라는)", "lilied(백합 핀)" 등으로 바꾸기도 했다. 그나마 "tilled(밭갈이 한)"로 해석한 경우는 조금 나은 편이다. 'Pion'은 '파다'라는 의미를 가진 구어이며, 'twilled'는 '평평하게 다진', '이랑 진', '다듬어진' 등의 의미를 가졌기 때문이다. 그러므로 이 대사에서 말한 "강변"의 땅은 하늘거리는 작약보다는 훨씬 덜 낭만적인 무언가를 심고자 다져졌다. 또한 이 대

사의 나머지 부분은 물론 장 전체를 통틀어 꽃은 단 한 차례도 등장하지 않는다. 늘 그렇듯, 셰익스피어는 실수를 저지르지 않았던 것이다. 따라서 이 책에는 작약을 싣지 않았다.

**후추(Pepper)** - 후추나무와 그 열매인 후추는 모두 가치가 높은 귀한 상품이었다. 후추 열매를 말려서 잘게 부수거나 후추를 위해 특별히 고안된 용기에 담아 빻아서 썼다. 'Peppered'라는 단어는 '공격 당하다', '파멸 당하다', '죽임 당하다' 등의 의미로 쓰였는데, 어쩌면 동그란 후추가 장난감 총알을 닮았기 때문인지도 모른다.

**피그넛(Pig-Nut)** - 초원이나 숲에 자생하는 피그넛의 뿌리는 식용이며, 달콤하지만 시큼한 뒷맛을 남긴다. 셰익스피어 시대에는 흔히 먹었으며, 오늘날에도 돼지들이 무척 좋아하는 먹이다.

**핌퍼넬(Pimpernell, 뚜껑별꽃)** - 「말괄량이 길들이기」의 서문에서 크리스토퍼 슬라이의 꿈에 나왔다고 하는 허구의 인물인 헨리의 성이다. 뚜껑별꽃은 '별봄맞이꽃'이라고도 하며, 날이 흐리면 꽃잎을 오므린다. 이 책의 6쪽에 삽화가 실려 있다.

**소나무(Pine)** - 일반적으로 구주소나무(Scots Pine)을 말한다. 키가 큰 상록수로, 송진과 배의 돛대로 쓰이던 길고 곧은 목재를 얻을 수 있어 귀하게 여겨졌다. 셰익스피어 작품에서는 높이와 위엄, 기상 등을 나타내는 비유로 쓰였다.

**피핀(Pippin)** - 사과(Apple) 참조.

**버즘나무(Plane Tree)** - 「두 귀족

사촌 형제」에 한 차례 등장하는 버즘나무는 잎이 크고, 몸통이 매끄럽다. 17세기경에 탄생한 잡종인 단풍잎 버즘나무(London Plane Tree)와는 다른 나무이다. (버즘나무는 잎사귀의 모양이 비슷한 시카모어 나무와 혼동되기도 한다.)

**질경이(Plantain)** - 도로변에서 흔히 볼 수 있는 질경이는 아홉 가지 신성한 약초 가운데 하나이며, 상처를 치료하고, 출혈을 멈추게 하는 약으로 귀하게 쓰였다. 오늘날의 반창고처럼 쓰였기 때문에 로미오는 벤볼리오의 변변찮은 연애 충고를 비꼬면서 질경이를 언급한다. 「사랑의 헛수고」에서 사과(코스터드)가 어떻게 정강이를 다치게 할 수 있냐는 모스의 농담에도 등장한다.

**자두(Plum)/자두나무(Plum Tree)/댐슨 자두(Damsons)/말린 자두(Prunes)** - 야생에서도 발견되며, 과수원에서 재배되는 과즙이 풍부한 열매다. 수프나 스튜용으로 끓여 먹기도 하고, 푸딩으로 만들기도 했다. 자두나무의 몸통에서 나는 수액은 약으로 쓰였다. 겨울을 대비한 식량인 말린 자두 또한 완하제로 썼다. 자두와 비슷한 과일인 댐슨 자두는 생으로 먹기에는 너무 시어서 잼으로 만들었으며, 성적인 암시를 가진다. 사창가와 연관이 있는 말린 자두는 16세기에 들어 건포도에 밀려 인기가 떨어졌다.

**석류(Pomegranate)** - 작은 열매가 열리는 나무로, 기후가 온화한 지역에서 널리 재배됐다. 열매 안에 씨앗이 많아 성(性)과 다산을 상징하지만, 한편으로는 지옥의 여왕 페르세포네의 상징이기도 하다. 줄리엣의 대사에 나오는 석류는 물론

전자의 의미로 쓰였다. 한때는 석류가 에덴동산의 선악과라고 여겨졌다. 「헨리 5세」에서는 여관의 방 이름으로 등장한다.

**폼워터(Pomewater)** - 사과(Apple) 참조.

**포퍼링(Poppering)** - 배(Pear) 참조.

**양귀비(Poppy)** - 이아고는 양귀비에서 얻어지는 최면성 마약인 아편을 말하고 있다. 맨드레이크와 함께 복용하면 치명적인 부작용을 일으킬 수 있다.

**감자(Potato)** - 셰익스피어 작품에서 말하는 감자는 고구마(Sweet Potato)일 수도 있다. 둘 가운데 어느 쪽을 뜻하는지를 두고 학자들 사이에 논쟁이 계속되고 있으나, 최음제로 여겨지던 고구마(제라드는 "육욕을 불러일으킨다"고 했다)가 폴스타프의 대사에 더 적합하며, 테르시테스의 모욕적인 대사에서 말하는 손가락과도 더 비슷하다.

**큰앵초(Primrose)** - 카우슬립, 앵초와 비슷한 큰앵초는 노란색의 예쁜 꽃을 피우는데, 셰익스피어 작품에서 언급될 때는 대개 꽃 이름 앞에 '엷은', '창백한' 등의 수식어가 붙었다. 이른 봄 강기슭이나 초원에서 꽃을 피우며, '최초'나 '최고'를 의미하기도 한다. 큰앵초 꽃길을 따라 걷는다는 표현은 앞일을 제대로 살피지 않고 태평스럽다는 의미를 가진다.

**말린 자두(Prune)** - 자두(Plum) 참조.

**호박(Pumpion)** - 박(Gourd)/매로우(Marrow) 참조.

## Q

**퀸스(Quince)** - 배와 비슷한 과일이지만 너무 딱딱하고 시어서 생으로 먹지 못한다. 주로 파이나, 젤리, 잼을 만들었다. (퀸스파이는 엘리자베스 여왕에게 인기있는 선물이었다.) 임신을 촉진하고, 아이들을 똑똑하게 한다고 여겨서 새신부와 임부들이 반드시 챙겨 먹었기 때문에 줄리엣의 결혼식을 준비할 때에 언급된다.

「한여름 밤의 꿈」의 목수 피터 퀸스는? 시큼한 퀸스처럼 불쾌한 성격을 가졌는지도 모를 일이다.

## R

**빨간무(Radish)** - 폴스타프의 대사에 등장하는 빨간무는 생으로 먹거나 요리에 쓰였으며, 이모젠이 그랬듯, 조각해서 얼굴 형태를 만들기도 했다. (순무(Turnip) 참조.) 약으로 쓰면 체중 감량을 돕고, 대머리를 치료할 수 있다고 여겨졌다.

**건포도(Raisins)** - 포도(Grapes) 참조.

**갈대(Reeds)** - 물가나 습지대에서 무리지어 자라는 갈대는 셰익스피어의 작품에서 어떠한 표현이나 비유보다는 갈대 처마와 같이 기술적인 요소로 쓰였다. 머리카락이나 가느다란 목소리를 수식하여 연약함이나 두려움의 비유로 쓰인 갈대

는 어디에서나 찾아볼 수 있고, 실용적이며, 이솝우화에서는 겸손의 상징으로 묘사됐다. 골풀(Rushes), 풀(Grasses) 참조.

**대황(Rhubarb)** - 「맥베스」에서 한 차례 언급되며, 이를 통해 셰익스피어 시대에는 대황이 식용보다는 약용으로 쓰였음을 알 수 있다. 제라드의 저서에는 터키 대황이 실렸으며, 이 책에도 마찬가지이다.

**쌀(Rice)** - 수입 곡물인 쌀은 「겨울 이야기」에서 목자 아들의 장보기 목록에만 한 차례 등장한다. 엘라콤은 셰익스피어가 제라드의 런던 정원에서 재배되던 쌀을 보았을 것이라 했다.

**장미(Rose)** - 장미를 정의할 수 있을까? 두 명의 거트루드가 한 말을 살펴보자. 정원 가꾸기를 예술의 경지로 끌어올린 거트루드 지킬Gertrude Jekylle은 정원이란 "무엇을 해야 할지에 대한 지식을 쌓는 동시에 무엇을 그냥 두어야 할지를 구분하는 지혜를 길러야 한다"고 했으며, 이는 거트루드 스타인Gertrude Stein이 한 말과 의미가 통한다. "장미는 장미요, 장미다." 장미는 셰익스피어의 희곡과 시를 통틀어 다른 어떤 꽃보다 더 자주 등장하므로, 장미의 무한한 면면에 대해서는 셰익스피어가 가장 잘 알았을 것이다. 작품에서 언급된 여러 종류의 장미 가운데 짧게나마 설명이 필요한 몇 가지를 아래와

같이 추렸다.

- 붉은 장미(Red Rose) - (Rosa gallica) 진홍색, 주(朱)색으로도 묘사된다. 요크(York)/랭커스터(Lancaster) 장미 참조.

- 다마스크 장미(Damask Rose) - (Rosa damascena) 다마스쿠스에서 유래한 종으로, 향기가 진해 '다마스크 장미처럼 달콤하다'는 속담도 있다. 혈색이 도는 뺨을 묘사할 때 흔히 쓰였다. 제라드는 다마스크 장미에 대해 "옅은 붉은색에 기분 좋은 향기가 나며, 고기 요리에 곁들이거나 약용으로 적합하다"고 했다.

- 백장미(White Rose) - (Rosa alba) 백장미에 대해서는 사실, 충분한 연구가 이루어지지 않았다. 리스 드 브레이 Lys de Bray 는 저서 「근사한 화환Fantastic Garlands」에서 백장미를 "얽히고설켜 결코 풀지 못할 향기로운 장미의 역사'라 했다.

- 프로방스 장미(Provincial Rose) - (Rosa centifolia) 프랑스 프로방스의 장미를 말한다. 프로방스 장미를 언급할 때 햄릿의 말투는 연극을 하듯 도발적이고, 야단스럽다. 제라드는 "위대한 홀란드 장미"라고 불렀으며, '캐비지 장미(Cabbage Rose)'라고도 한다.

- 머스크 장미(Musk Rose) - (Rosa arvensis) 트레일링 장미(Trailing Rose)라고도 한다. 외형보다는 독특한 향기 때

문에 더욱 사랑받았다.

- 오월의 장미(Rose of May) - (Rosa majalis) 제라드는 이를 시나몬, 혹은 "캐널 장미(Cannell Rose)"라 불렀다.

- 장미(Rose) - (Rosa canina) 야생 덩굴 장미. 과거에는 도그베리(Dogberry), 마녀의 찔레(Witch's Brier) 등의 이름으로 불렸다. 가시(Thorns) 참조.

- 들장미(Briar Rose) - 스카치 장미(Scotch Rose)라고도 한다. 찔레(Briers), 들장미(Eglantine) 참조.

- 장미꽃잎 뭉치(Cakes of Roses), 장미수(Rose Water) - '궁극의 아름다움'이라 여겼던 장미는 당시에도 미용 목적으로 쓰였다. 식물의 외형에 따라 그 효능도 결정된다는 특징설을 통해 보면 장미를 피부에 발라 장미처럼 아름다워질 수 있다고 믿었던 것이다.

### ❧ 장미의 전쟁 ❧

- 붉은 장미와 흰 장미는 각각 랭커스터 가문과 요크 가문의 상징이었다. 「헨리 6세 제1부」의 2막에서 시작되는 갈등은 4막에서 본격적으로 고조되며, 두 장미 사이의 다툼이 벌어지는 「헨리 6세 제3부」를 지나 「리처드 3세」의 마지막 막에 이르러서야 뒷날에 헨리 7세로 즉위하는 리치먼드의 연설과 함께 해소된다. 이 연설을 통해 플랜태저닛의 파벌들이

하나로 모이고, 튜더 장미와 더불어 튜더 왕조가 시작된다. 오직 장미의 언급만으로 긴장과 갈등이 고스란히 전해지며, 꽃으로 싸운다는 발상이 놀랍다.

**로즈메리(Rosemary)** - 라틴어로는 바다의 이슬(Rosmarinus)이라 하며, 다용도로 쓰이는 상쾌한 향기를 지닌 허브다. 요리에 식재료로 넣거나, 약제, 화장품을 만들었다. 셰익스피어 작품에서는 주로 기억이나 추도의 의미를 가진다. 로즈메리를 이용해 기억력을 강화하고, 그 향기로 기운을 돋웠으며, 연인들은 옷에 달아 더욱 기억에 남을 밀회를 즐겼다. 죽은 이를 기억하고, 머리카락이 다시 자라나길 바라며 머리에 문질렀다.

**루(Rue)/은총의 허브(Herb of Grace)** - 정원에서 가꾸는 식물로, 참회(rue) 뒤에 찾아오는 은총을 떠올려보면 두 이름 사이의 연관 관계를 찾을 수 있다. 약용으로 재배했으며, 노란 꽃과 푸른빛이 도는 초록 잎에서 강렬한 향이 나는데, 셰익스피어는 이 향을 '쌉싸름하다'고 했다가 '향긋하다'고 하는 등 엇갈린 묘사를 했다. 제라드는 아코닛(Aconitum) 독이나 독버섯에 중독되었을 때 루를 해독제로 쓸 수 있다고 했다.

**골풀(Rush)/부들(Bulrush)** - 뻣뻣하고 속이 빈 줄기를 가진 여러 습지 식물을 일컬으며, 가난한 이들은 이런 줄기에 동물의 지방을 부어 초처럼 썼다. 부유한 집에서는 골풀을 바닥에 깔아 악취를 흡수하고 먼지를 가렸다. 골풀의 줄기로 만든 반지는 평민들 사이에 결혼의 징표로 쓰였다. 라바츠Lavatch의 대사는 이러한 골풀 반지 풍습을 바

탕으로 한 외설적인 농담이다. 부들은 창포(Sweet Sedge)라고도 하며, 「두 귀족 사촌 형제」에서 부들 위로 드리워진 머리칼은 딾은 머리카락일 수도 있다. 갈대(Reeds), 사초(Sedge), 풀(Grasses) 참조.

# S

**사프란(Saffron)** — 사프란 한 알갱이를 얻기 위해서는 사프란 꽃의 노란 암술머리 아홉 개가 필요하며, 사프란 1온스를 얻으려면 천 송이의 꽃이 필요하다. 따라서 값이 매우 비싸지만, 채색 필사본의 금빛을 낼 때 진짜 금을 쓰는 것보다는 사프란을 쓰는 것이 비교적 저렴했다. 음식에 진한 금빛을 낼 때에는 메리골드를 쓰면 더욱 저렴했다. 에섹스 지방의 사프론월든과 런던 캠던 지역의 사프론힐은 사프란이 풍부히 재배되기 때문에 붙인 이름이다.

**샘파이어(Samphire)** — 씨펜넬(Sea Fennel)이라고도 하며, 절벽에서 자란다. 샘파이어라는 이름은 '허브 세인트 피에르(herbe St. Pierre)'를 영어식으로 부른 것이라 여겨진다. 「리어 왕」에서 절벽에 자란 샘파이어를 따는 사람을 보는 척 하는 에드거의 대사에 등장한다. 제라드는 샘파이어를 무척 좋아했다. "식초에 절인 잎사귀는 기름과 식초를 곁들여 샐러드로 먹는다… 간, 비장, 신장의 건강에 좋다. 가장 맛있는 소스이며… 사람 몸에도 대단히 좋다."

**세이보리(Savory)** — 무척 향기로운 지중해 허브로, 페르디타의 대사에 나오는 '중년 남성들에게 주어진 한여름 꽃' 가운데 하나이다. 이는 식물학자 니콜라스 컬페퍼 Nicholas Culpeper가 말했듯 세이보리의 즙이 '침침한 눈'을 맑게 할 수 있다고 여겼기 때문일 수도 있다. 컬페퍼는 세이보리가 "머큐리의 지배를 받으며", 여름 세이보리가 겨울 세이보리보다 좋다고 했다.

**사초(Sedge)** — 강기슭이나 습지에서 자라는 한 가지 식물의 명칭이기도 하지만 거친 풀이나 골풀 비슷한 여러 식물을 총칭하기도 한다. 셰익스피어 작품에서는 후자로 쓰였다.

**센나(Senna)** — 꽃차례(Cyme) 참조.

**포아풀(Spear-Grass)** — 「헨리 4세 제 1부」에서 바돌프가 코피를 낼 때 쓸 수 있다고 말하는 식물의 정체를 두고 여러 의견이 존재한다. 그림 속 식물은 길고 가느다란 머리에 거친 이삭이 돋은 개밀(Couch-grass), 쇠뜨기(Horsetail)와 교배종이다. 풀(Grasses) 참조.

**풋콩(Squash)** — 완두콩(Peas) 참조.

**딸기(Strawberry)** — 땅에 낮게 붙어 자라는 토종 식물로, 고산 지대에서 자라 작은 열매가 맺히는 야생 딸기와 엘리 주교Bishops of Ely의 홀본 정원에서 기르는 딸기처럼 사람의 손에 재배되는 딸기를 모두 일컫는다. 홀본의 딸기는 영국에서 가장 맛이 좋다고 알려졌으며, 셰익스피어 작품 「헨리 5세」와 「리처드 3세」에서 두 차례 언급된다. 딸기는 자수의 무늬로도 널리 쓰였으며, 순결과 순수성, 성(性)과 질투라는 서로 모순되는 개념을 모두 상징했다. 데스데모나의 손수건에 수놓인 딸기 무늬는 이 모든 상징을 총칭한다.

**그루(Stubble)** — 밀(Wheat) 참조.

**설탕(Sugar)** — 설탕이 사탕수수를 정제해 얻어지는 물질이라는 사실을 고려하면 이를 식물의 하나로 이 책에 실어도 좋을 근거가 매우 희박하다고 할 수 있다. 그러나 설탕도 식물이다. 제라드가 직접 기르기도 했으며, 엘라콤은 셰익스피어가 이를 직접 보았을 수도 있다고 했다. 그리하여 이 책에 인용된 문구는 설탕 그 자체를 가리키는 것들로만 추렸다. '달콤한 말(sugar'd words)'처럼 형용사로 쓰인 경우는 제외되었지만, 사실 그 경계는 모호하다. 아몬드(Almonld)의 설명에서 언급했듯, 엘리자베스 여왕 시대 영국인들은 설탕에 열광했으며, 견과류나 꽃, 씨앗 등에 설탕을 입힌 달콤한 간식을 즐겼고, 설탕으로 시럽, 서킷(과일 껍질에 설탕을 입힌 것), 잼 등을 만들어 먹기도 했다. 연회에서는 설탕 반죽과 달걀 흰자를 이용해 빚어낸 과자류가 반드시 제공되었고, 개인의 문장이나 시구 등을 넣어 정교하게 장식하기도 했다. 단 음식을 매우 좋아했다고 알려진 엘리자베스 여왕은 1560년대에 설탕 반죽으로 빚은 성(城)과 설탕덩이(sugar loaves, 운반의 편의를 위한 원뿔 모양 설탕 덩어리이며, 이를 갈거나 잘게 부숴서 썼다),

**호밀(Rye)** — 밀과 비슷한 곡물로, 보다 단단하고 거친 환경에서도 잘 자라지만 밀보다는 저급품으로 여겨졌다.

서킷 한 통을 선물로 받았다. 1598년 독일에서 온 어느 사절은 "여왕의 이가 까만데, 설탕을 지나치게 많이 섭취하는 영국인들 사이에서는 흔한 질병"이라고 썼다.

**시카모어(Sycamore)** - 셰익스피어 작품에 세 차례 등장하는 이 나무의 정체를 두고 학자들 사이에 이견이 있어왔으나, 동음어로 접근하면 한결 쉽게 알아낼 수 있는지도 모른다. '시카모어'는 'sick of love(사랑에 아프다)'와 발음이 비슷하다. 구슬픈 데스데모나의 노래는 물론 질투에 눈이 멀어 마음이 병든 오셀로를 향한 그녀의 슬픔을 나타낸다. 「사랑의 헛수고」의 냉담하고 자기애 강한 프랑스 귀족 보이엣은 남의 연애사에만 관심을 보인다. 벤볼리오는 로살린을 사랑해 슬픔에 잠긴 로미오를 찾아 달랜다. 흥미롭게도 베로나에는 '도시 서쪽에 시카모어 숲'이 정말로 존재했다. 오늘날에도 나무가 일부 남아있다.

# T

**엉겅퀴(Thistle)** - 가시 돋친 줄기와 벌들을 유혹하는 둥근 머리가 빠르게 자라나는 엉겅퀴는 그 모양새가 상당히 아름다워 스코틀랜드를 상징하는 꽃이다. 가시 돋친 여러 식물을 통칭하는 말로도 쓰이며, 「헨리 5세」에서는 방치와 태만의 상징으로 언급된다. 동물들 가운데 당나귀만이 유일하게 엉겅퀴를 먹기 때문에 보텀의 대사에는 농담 또한 숨어 있는 셈이다. 카르두스 베네딕투스(Carduus Benedictus)/홀리티슬(Holy Thistle) 참조.

**가시(Thorns)** - 줄기나 잎, 머리 등에 뾰족한 가시가 돋친 여러 식물을 말한다. 덤불이나 우거진 잡목, 깊은 숲, 유혹적인 정원, 은유적으로 말하자면 거트루드의 가슴 속에 위험을 품은 채 도사린다. 이 책에는 블랙베리 덤불과 밀크티슬, 산사나무, 스코틀랜드 장미가 그림으로 실렸다. 찔레(Briers) 참조.

**타임(Thyme)** - 셰익스피어 작품에는 세 종류의 타임이 등장한다. 오베론이 말하는 야생 백리향은 모래로 뒤덮인 황야에서 찾아볼 수 있다. 이아고의 타임은 지중해 지역에서 유래하여 정원에서 재배되는 허브를 말한다. 「두 귀족 사촌 형제」의 노래에서 등장하는 타임은 발음이 유사한 '시간(time)'이란 의미를 가진다.

**독버섯(Toadstool)** - 버섯(Mushroom) 참조.

**순무(Turnip)** - 「윈저의 즐거운 아낙네들」에서 멍청한 구혼자와 결혼하느니 순무에 맞아 죽는 게 낫다고 말하는 앤 페이지의 대사에 한 차례 등장하여 큰 웃음을 안긴다. 수백 년 동안 재배되어온 순무는 주로 가축의 먹이로 사용되었고, (비타민이 풍부한) 잎은 사람이 먹었다. 뿌리는 「심벨린」의 이모젠이 그랬듯, 조각해서 얼굴 형태를 만들기도 했다.

# V

**살갈퀴(Vetches) (밀(Wheat) 참조)** - 앙증맞은 외관을 자랑하는 살갈퀴는 밀밭에 심어 토질을 좋게 하는 유용한 기능도 한다. 콩과 식물인 살갈퀴는 주로 가축에게 먹이고자 재배되었으며, 아이리스(무지개의 여신이자 꽃이기도 하다. 붓꽃(Flags) 참조)가 「템페스트」의 어린 연인을 위해 풍요를 기원할 때에 등장한다.

**덩굴(Vine)** - 셰익스피어 작품에서 덩굴은 모두 결실의 상징인 포도덩굴을 일컫는다. (포도(Grapes) 참조.) 아드리아나는 자신을 포도덩굴에 비유해 덩굴이 타고 자랄 느릅나무인 남편이 필요하다고 말한다. 포도 덩굴과 포도밭은 재산과 생산성을 상징한다.

**제비꽃(Violet)** - 셰익스피어 작품에서 향기를 묘사하고자 다섯 차례나 언급되었지만 섬세한 무늬가 있는 작은 제비꽃은 향기뿐만 아니라 겸손과 상냥, 신의를 상징하기도 한다. (「십이야」의 비올라가 어떤 성격인지 이름을 통해 엿볼 수 있다.) 팬지를 비롯해 비슷한 빛깔을 띠는 꽃들을 모두 '바이올렛'이라 부르기도 했다. 고개를 수그린 모양 때문인지 모르나 제비꽃은 고결하고, 최면성이 있으며, 화를 가라앉힌다고 여겨졌다. 식용꽃으로, 잎사귀와 꽃잎을 샐러드에 넣거나, 양파 요리에 곁들여 먹었다.

# W

호두(Walnut) – 셰익스피어 작품에는 호두나무가 거의 등장하지 않지만, 곳곳에서 언급되는 '열매(Nuts)'가 호두 알맹이를 가리킨다는 주장이 있다. 하지만 셰익스피어가 묘사하는 '열매'는 숨을 곳이나 장난감이 되는 그 껍데기에 더 가깝다. 호두 열매의 과육은 고소한 간식으로 먹거나, 설탕을 입혀 달콤한 사탕으로 널리 사랑받았다.

요리용 배(Warden) – 배(Pear) 참조.

밀(Wheat)/그루(Stubble) (살갈퀴(Vetches) 참조) – 밀은 곡식의 여왕이다. 순수 밀로만 반죽한 빵은 매우 귀한 음식이었으며, 호밀과 보리는 밀의 가난한 사촌처럼 취급됐다. 그루는 밀 등의 곡식을 베어낸 밭을 말한다. 밀은 땅의 비옥함과 풍요를 상징했으며, 밀짚 화환은 평화와 부를 의미했다. 밀이 초록빛으로 물들면 봄이 온다는 신호이자, 앞으로 다가올 풍요의 징후였다.

버드나무(Willow)/고리버들(Osier) – 우리가 떠올리는 가지가 늘어진 버드나무는 1700년경까지 영국에 존재하지 않았지만 화가들은 가련한 오펠리아를 그릴 때면 늘 가지를 길게 늘어뜨린 버드나무를 함께 그렸다. 오펠리아가 떨어져 죽은 나무는 갑자기 가지가 부러지곤 하는 '무른버들'일 수 있다. 버들보다 잎이 좀 더 가느다란 고리버들은 바구니를 짜거나, 화환을 만들 때 썼으며, 버들 화환을 쓰거나 (데스데모나처럼) 그에 관한 노래를 부르면 연인을 잃은 비탄에 잠겼음을 나타냈다. 영국에서는 종려 주일에 교회에서 종려나무 가지 대신 버드나무 가지를 손에 들기도 했다.

인동덩굴(Woodbine) – 인동(Honeysuckle) 참조.

약쑥(Wormwood)/다이애나의 꽃(Dian's Bud) – 모든 허브의 어머니이며, 임산부들을 돌보는 여신 아르테미스(로마 신화의 다이애나)의 상징이다. 쓴 맛이 강해 줄리엣의 유모가 그랬듯 아기의 젖을 뗄 때 쓰기도 했다. 「라크눈가」의 아홉 가지 신성한 약초 가운데 하나로, 독버섯의 해독제로 쓰였으며, 옷이나 침구류와 함께 보관하여 좀이 슬지 않도록 했다. 오베론은 약쑥으로 상사병을 치료했다. 베르무트(Vermouth, 백포도주에 향료를 섞은 술)와 압생트(Absinthe, 쓴 쑥으로 맛들인 녹색의 독한 술)의 재료로 쓰인다.

# Y

주목(Yew) – 영국 토종으로, 애도의 상징이다. 셰익스피어 작품에는 여섯 차례 등장하며, 늘 죽음과 연관되어 있다. 희곡에서는 음독의 전조로 쓰였으며, 그 예로 발타자와 패리스가 교회 묘지에서 주목나무 이야기를 할 때에 가까운 무덤에서는 로미오가 독을 마시고 있었다. 주목의 초록 잎과 씨앗은 치명적인 독성을 띤다. (붉은 열매에는 독이 없다.) 「햄릿」에 나오는 헤베논/헤보나 독의 가장 유력한 후보이다.

# 감사의 말

먼저 아름다운 그림을 그려준 화가 수미에 하세가와에게 감사의 말을 전한다. 그녀의 그림을 보며 모든 식물을 직접 본다는 것이 얼마나 큰 도움이 되는지, 그리고 지금까지 그러한 기회가 없었음을 깨달았다. 강박 관념에 가까운 [나도 잘 알고 있다!] 수미에의 호기심에 감사한다. 수미에를 정원으로 이끈 그녀의 다정한 남편 프레드 콜린스에게도 감사한다. 우리의 식물들이 타고 자라날 울타리를 지을 수 있도록 그들이 내게 보여준 신뢰에 감사한다. 그리고 우리가 함께 할 수 있도록 자리를 마련해준 우리의 친구 데이빗 타바스키에게 감사한다. 스테이시 프린스에게는 늘 감사의 마음을 품고 있다. 그녀의 뛰어난 편집자적 혜안을 사랑하고, 똑똑하고 인내심 강한 에이전트 콜린 오시아와 열정적이고 너그러운 편집자 베카 헌트를 소개해준 것에 대해 특히 감사하다는 말을 하고 싶다.

알아주는 이 없어도 인내와 열정으로 연구를 이어가는 학자들에게 경외심을 느낀다. 그들이 있어 나 같은 사람이 이곳저곳에 떨어진 지식의 열매를 주워 모을 수 있다. 특히 수십 년 동안 엘리자베스 여왕에게 바친 선물의 목록을 연구해 이 책에 근사한 색과 결을 더하게 해준 제인 러슨, 꿀줄기와 워릭셔 토착어에 관한 저서를 출간 전에 내가 읽어볼 수 있게 해준 로스 바버, 「햄릿」연구에 매진한 에디 졸리, 언어를 사랑하는 작가 하워드 리슐러, 완벽한 인용구를 찾아준 마이클 마르커스, 장미를 잘 아는 줄리 클리브, 선뜻 나와 함께 풀 속으로 뛰어든 도나 뷰얼리, 뭐든 도와준 브리드 맥그래스 박사, 그리고 나와 정원 이야기를 나눴던 고(故) 존 롤렛 박사에게 감사한다.

내가 찾았던 연구기관마다 뛰어난 사람들이 근무했다. 그들의 도움을 구할 수 있어 영광이었다. 리폼 클럽Reform Club의 사서 시몬 블런델, 런던 자연사 박물관의 마크 스펜서 박사, 런던 린네 협회의 친절한 직원들, 런던 고학 협회의 오르투른 페인, 컬럼비아대학교 버틀러 도서관의 제니퍼 리, 영국 국립 도서관 희귀본 부서의 월레스 외 다수, 폴저 셰익스피어 도서관의 훌륭한 사람들, 특히 내게 도움의 씨앗을 건넨 사실도 모르고 있을 오웬 윌리엄스, 벳시 월시, 캐밀 시라탄, 알란 캣츠, 그리고 정원의 도슨트 마리아 피츠제럴드에게 감사한다.

환상적인 우리팀의 브로닌 베리, 메건 쿠퍼, 모건 밀로에게 감사한다. 수백만 가지의 사소하고도 중요한 일을 잊지 않도록 도와주었고, 꽃으로 이루어진 모자이크로 사무실 벽을 가득 채워

주었다. 소중한 시간과 자료, 지식을 나누어준 앤드류 프렌치, 데이빗 콜 윌러, 닐 마틴, 나와 풀에 관한 대화를 주고받았던 젠 콜, 그리고 나만큼이나 늦도록 깨어 있는 레베가 웹 시루에게 감사의 마음을 전한다.

　　마지막으로 프루스트Proust에게 경의를 표하며, "우리의 영혼을 꽃피우는 아름다운 정원사들"에게 감사한다. 그리고 나의 사람들, 마티 디트너와 키스 버너, 리사 알버티, 브랜든 주델, 팻시 앤 코, 피터 주드, 테오도르 멜렌데즈, 케잇 코니기서, 캐트리나 퍼거슨, 낸시와 시몬 존스, 게일 콜슨, 섀리 호프맨, 셰리 앤더슨, 존 어거스틴과 크리스토퍼 듀랑에게도 감사한다.

　　2015년 스펜서 학회Spenser Conference에 참석하러 아일랜드에 갔을 때 에드먼드 스펜서의 성을 향해 들판을 걷다가 문득 이 책에 실린 온갖 식물들이 그곳에 자라고 있다는 사실을 깨달았다. 사람을 아프게 하는 쐐기풀도 있었다. 즐겁고 고통스러운 조사를 통해 시간을 여행하는 경험을 할 수 있었다.

- 게릿 퀼리Gerit Quealy


셰익스피어의 식물을 하나도 빠짐없이 그려 컬렉션을 이루는 것이 내 꿈이었다. 본드Bond 스트리트 극단의 연극이 내게 첫 영감을 주었다는 사실을 밝히고 넘어갔으면 한다. 열의를 가지고 기술적인 도움을 준 대학 친구 우치다 신지에게 대단히 감사한다. 런던을 방문할 때마다 머물 곳을 마련해준 시몬 오리어리에게도 따스한 감사를 건넨다. 이 책의 제목을 지어준 내 남편 프레드와 나를 게릿 퀼리와 콜린 오셰아, 하퍼콜린스에 소개해준 내 친구이자 동료인 데이빗 타바스키 덕분에 이 책이 출간될 수 있었다. 나를 도와 이 자리까지 이끌어준 모든 이들에게 감사의 말을 전하고 싶다. 이 책에 실린 그림을 그리는 동안 내가 즐거웠던 만큼 여러분도 즐거우셨으면 한다.

도모 아리가토 고자이마시타
- 수미에 하세가와 콜린스Sumié Hasegawa-Collins

**옮긴이 윤태이**

시카고 미술대학교에서 패션 디자인과 미술행정학을 전공했다.
문학 번역가가 되고자 글밥 아카데미 수료 후 현재 바른번역 소속 번역가로 활동하고 있다.
역서로는 《시스터》 등이 있다.

**보태니컬 셰익스피어**

| | |
|---|---|
| 초판 1쇄 인쇄 | 2018년 6월 10일 |
| 초판 1쇄 발행 | 2018년 6월 20일 |

| | |
|---|---|
| 글·편집 | 게릿 퀼리 |
| 일러스트 | 수미에 하세가와 콜린스 |
| 서문 | 헬렌 미렌 |
| 옮김 | 윤태이 |

| | |
|---|---|
| 펴낸이 | 임현석 |
| 펴낸곳 | 지금이책 |
| 주소 | 경기도 고양시 일산서구 킨텍스로 410 |
| 전화 | 070-8229-3755 |
| 팩스 | 0303-3130-3753 |
| 이메일 | now_book@naver.com |
| 홈페이지 | nowbook.modoo.at |
| 등록 | 제2015-000174호 |

| | |
|---|---|
| ISBN | 979-11-88554-12-6  03840 |

「이 도서의 국립중앙도서관 출판예정도서목록(CIP)은 서지정보유통지원시스템 홈페이지(http://seoji.nl.go.kr)와 국가
자료공동목록시스템(http://www.nl.go.kr/kolisnet)에서 이용하실 수 있습니다. (CIP제어번호: CIP2018014864)」